Dino

Kapitel 1

Obi-Wan Kenobi stand vollkommen regungslos da. In dem abgedunkelten Zimmer war keinerlei Bewegung zu spüren und doch war jeder seiner Muskeln angespannt und zum Angriff bereit. Nur die leuchtende, blaue Klinge seines Lichtschwerts erhellte den Raum. Die einzigen Geräusche waren das Summen der Klinge und das kaum wahrnehmbare Atmen des jungen Jedi. Obi-Wan balancierte nun schon seit fast einer Stunde regungslos an der selben Stelle auf einer dünnen Geländerstange. Und er wartete noch immer.

Plötzlich durchbrach Qui-Gons Stimme die Stille und Obi-Wan verlor die Konzentration. Eine Nachricht seines Meisters über den Comlink hatte er nicht erwartet. Abgelenkt wie er war, verfehlte er beinahe den Trainings-Droiden, der auf seinen Kopf zuraste. *Darauf* hatte er gewartet.

Obi-Wan drehte sich unbeholfen auf der dünnen Stange um und traf den Droiden mit dem Lichtschwert mitten im Flug. Er sprang dabei auf eine weitere, im Dunkeln unsichtbare Stange hoch und zerschnitt zwei andere der fliegenden Droiden. Einen Moment später ging das Licht an und der junge Jedi deaktivierte sein Laserschwert.

Obi-Wan schüttelte den Kopf. Die Aufgabe hatte er bestanden, doch der siebzehnjährige Jedi war mit seiner Leistung ganz und gar nicht zufrieden.

„Ja, Meister", sagte Obi-Wan in den Comlink.

„Wir wurden vom Rat gerufen", sagte Qui-Gons Stimme. „Wir treffen uns dort."

„Natürlich", gab Obi-Wan zurück. Hoffnung kam in ihm auf. Vielleicht hatte der Rat sie wegen einer Mission gerufen. Obi-Wan und Qui-Gon hatten die letzten beiden Monate im Tempel verbracht. Es war immer eine Erleichterung, nach dem Ende einer Mission nach Hause zu kommen, Obi-Wan jedoch mochte nie allzu lange dort bleiben.

Das Jedi-Dasein bedeutete ständige Arbeit. Und irgendwie schienen die Hingabe, die Energie und die Geduld noch intensiver zu sein, wenn Obi-Wan im Tempel war – wenn er nicht das Ziel einer Mission vor Augen hatte.

Jedi hörten niemals auf, zu arbeiten. Aber nach endlos vielen Trainingslektionen spürte Obi-Wan jetzt, wie seine Konzentrationsfähigkeit nachließ. Er hätte auf den Trainings-Droiden nicht so unbeholfen reagieren dürfen. Er hätte auf alles vorbereitet sein müssen. Ihm wurde es langsam langweilig und das war gefährlich.

Vor dem Ratssaal sah er die hoch gewachsene Gestalt seines Meisters. Obwohl er ihm den Rücken zugewandt hatte, spürte Obi-Wan, dass sein Meister im Gegensatz zu ihm nichts von dieser gespannten Erwartung in sich trug. Sein Meister strahlte wie immer Ruhe aus. Qui-Gon war immer glücklich mit einsamem Training und Meditation. Weshalb war Obi-Wan so auf Unternehmungen aus?

Qui-Gon lächelte und nickte seinem Padawan zu, als der sich näherte, bevor er den Türöffner aktivierte und in den Ratssaal ging. Obi-Wan folgte mit einem halben Schritt Abstand, als sein Meister in die Mitte des Saales trat und die anwesenden Meister mit einem Nicken begrüßte.

Obi-Wans Puls stieg etwas. Aber es war anders als die Nervosität, die er normalerweise fühlte, wenn er vor den Rat gerufen wurde.

Mace lehnte sich in seinem Stuhl zurück und faltete die Hände. „Wir haben eine Nachricht von Vorzyd 4 erhalten." Er kam gleich zur Sache. „Sie berichten, dass Vorzyd 5 Sabotageakte durchführt und bitten um Schlichtungsgespräche. Die Planeten des Vorzyd-Systems waren noch nie in kriegerische Auseinandersetzungen irgendeiner Art verwickelt. Aber zwischen dem vierten und fünften Planeten haben sich offensichtlich Spannungen entwickelt. Alle Planeten des Systems sind von einander abhängig und so könnte ein Konflikt zwischen zweien von ihnen eine Kettenreaktion auslösen, die die ganze Planetenballung in Unruhe versetzt. Das möchten wir natürlich verhindern."

„Also ist die Situation delikat", schloss Obi-Wan Meister Windus Ausführungen und bereute es sofort. Er wollte dem Rat seine Ungeduld nicht zeigen.

„Sehr", fuhr Mace fort. Er schien weder Obi-Wans Ungeduld, noch die Tatsache, dass er ihn unterbrochen hatte, zur Kenntnis zu nehmen. „Und um alles noch komplizierter zu machen: Vorzyd 5 leugnet jegliche unlauteren Handlungen."

„Bevor Ihr die beiden Planeten zu Gesprächen zusammenbringt, müsst Ihr Euch umfassend über die Situation informieren", fügte Meister Yarael Poof hinzu. „Es steht hier mehr auf dem Spiel als es zunächst erscheint."

Obi-Wan sah, wie Qui-Gon langsam nickte und er wusste, dass ihre Arbeit bereits beginnen müsste, bevor sie den Tempel verlassen würden. Er hatte schon einmal von der Vorzyd-Ballung gehört, aber nur beiläufig in einem anderen Zusammenhang. Der nächste Schritt war also, dem Tempel-Archiv einen Besuch abzustatten. Schlichtungsgespräche setzten viel Recherche und Hintergrundwissen voraus; die Jedi mussten auf jeden möglichen Konflikt vorbereitet sein.

Jocasta Nu erwartete die Jedi bereits, als sie im Archiv ankamen. Sie verbrachte einen Großteil ihrer Zeit damit, Recherchen für Jedi-Missionen anzustellen. Obwohl sie von einem Ratsmitglied ständig darüber informiert wurde, welche Planeten und Systeme möglicherweise bald die Hilfe der Jedi brauchen könnten, war ihre Fähigkeit, die richtige Information zum richtigen Zeitpunkt parat zu haben, unübertroffen. Sie spürte fast immer den Augenblick, wenn ein sich anbahnendes Problem zu einem Konflikt werden konnte.

Als Obi-Wan und Qui-Gon in den Raum kamen, zeigte der Bildschirm im Archiv gerade die Aufzeichnung einer Kommunikation von Chairman Port, dem Oberhaupt von Vorzyd 4. Jocasta Nu schaltete das Bild schnell ab.

„Sie schicken Euch nach Vorzyd 4, nicht wahr?“, fragte sie mit einem leichten Lächeln. „Ich bin mir sicher, dass das eine sehr produktive Reise werden wird.“ Obi-Wan verstand den Witz hinter dieser Anmerkung nicht. Doch als Jocasta Nu ihnen mehr über Vorzyd 4 erzählte, begann er zu verstehen.

Der kleine Planet war für seine atemberaubend effektive Produktion und den Verkauf von Waren bekannt. Vorzyd 4 stellte die Nahrungsmittel und andere Güter für alle fünf Planeten des Systems her.

„Sämtliche Einwohner von Vorzyd 4 arbeiten", erklärte Jocasta Nu. „Kinder fangen im Alter von zehn Jahren an, gleichzeitig wird ihr Unterricht reduziert. Von diesem Zeitpunkt an gehen sie nur noch sechs anstatt sieben Tage zur Schule und arbeiten einen Tag der Woche. Danach kommt jedes Jahr ein Arbeitstag in der Woche hinzu, bis sie Vollzeit arbeiten. Das sind von da an sieben Tage in der Woche.

Wenn sie siebzig Jahre alt sind, müssen die Arbeiter in den Ruhestand treten. Die Vorzydianer befürchten, dass die Alten nicht mehr mit dem Arbeitstempo Schritt halten können. Tragischerweise sterben die meisten älteren Vorzydianer nur ein paar Wochen, nachdem sie aufgehört haben zu arbeiten. Der Grund dafür ist unbekannt. Die meisten Ruheständler erfreuen sich einer hervorragenden Gesundheit, bevor sie mit der Arbeit aufhören."

Obi-Wan warf seinem Meister einen Blick zu, um herauszufinden, was der über diese Praxis dachte. Qui-Gon war um die fünfzig und Obi-Wan konnte sich nicht vorstellen, dass ihn irgendjemand einmal als ‚unproduktiv' bezeichnen würde. Und Meister Yoda war über achthundert Jahre alt. Es war undenkbar, dass man ihn in den Ruhestand schicken würde. Seine Weisheit war einer der wertvollsten Schätze des Rates.

Der Gedanke daran, dass irgendjemand diese Jedi in den Ruhestand versetzen würde, entlockte Obi-Wan ein

Lächeln. Doch Qui-Gon sah ihn streng an und er nahm sich zusammen.

Natürlich waren die Einwohner von Vorzyd 4 einzigartige Wesen mit einzigartigen Lebenszyklen und kulturellen Gepflogenheiten. Obwohl sie überwiegend menschlich aussahen – sie hatten humanoide Körper, aber ein paar lange Antennen auf dem Kopf und etwas größere Augen – war Obi-Wan nicht so ignorant, sie mit anderen Wesen zu vergleichen.

„Was ist mit Vorzyd 5?“, fragte Qui-Gon. „Und mit den Spannungen zwischen den beiden Planeten?“

„Vorzyd 5 produziert weniger als die Hälfte dessen, was es verbraucht, und seine Existenz hängt zu einem großen Teil vom Handel mit Vorzyd 4 ab. Sie hatten schon früher Probleme und oft Schulden bei Vorzyd 4, aber alles in allem war das Verhältnis zwischen den beiden Planeten friedlich und freundlich. Für Vorzyd 4 spielten die Schulden keine Rolle, da sie über eine dauernde Überproduktion verfügten. Und auf Vorzyd 5 schien niemand über die Schulden, die man beim Nachbarplaneten hatte, beunruhigt zu sein. Aber jetzt haben sich die Verhältnisse geändert.“

„Inwiefern?“, fragte Obi-Wan.

„Vorzyd 5 hat mit dem Bau von Spielkasinos begonnen. Mit dem daraus gewonnenen Profit konnten sie viele ihrer interplanetarischen Schulden begleichen.“

„Und sie sind nicht mehr von Vorzyd 4 abhängig", sagte Qui-Gon ruhig.

„Stimmt. Vorzyd 4 behauptet, dass Vorzyd 5 nun die Vorherrschaft unter den Planeten erlangen will. Dass sie die Produktion von Vorzyd 4 sabotieren, um vor dem restlichen System und der Galaxis stärker zu erscheinen. Vorzyd 5 weist diese Vorwürfe natürlich als lächerlich zurück. Und sie sind aufgrund der andauernden Beschuldigungen sehr ungehalten."

Jocasta Nu gab Qui-Gon einige Datenträger und spielte Chairman Ports Nachricht noch einmal ab. Der große Mann auf dem Bildschirm schien sich nicht besonders wohl zu fühlen, doch sein Anliegen klang sehr eindringlich.

„Ich kontaktiere Euch mit der Bitte um ein Schlichtungsgespräch. Wir werden angegriffen. Und Vorzyd 5 hat Schuld. Wir haben sämtliche Diplomaten und der Spionage verdächtigte Bürger unseres Planeten verwiesen. Doch die Sabotageakte dauern an. Bitte kontaktiert uns umgehend." Die Antennen des Chairman bewegten sich während seiner Rede wie Vögel, die einen Landeplatz suchten.

„Es ist ungewöhnlich, dass der Vorsitzende Kontakt mit uns aufnimmt", sagte Jocasta Nu, als Port wieder vom Bildschirm verschwunden war. „Die Vorzydianer hatten in der Vergangenheit nur wenig Kontakt mit dem Rest der Galaxis. Sie haben sich sogar lange überlegt, ob sie überhaupt im Galaktischen Senat repräsentiert sein wollten. Dass sie nun Hilfe von außen anfordern, kann nur bedeuten, dass sie in einer aussichtslosen Lage sind."

Qui-Gon und Obi-Wan dankten der Archivarin und verließen sie mit einem Haufen von zusätzlichen Informationen auf Datenträgern, die sie selbst durchsehen mussten. Obi-Wan war über diese Aufgabe nicht sonderlich glücklich. Die Mission, so war ihm jetzt klar, würde nicht die Aktion bieten, auf die er so sehr gewartet hatte. Das Vorzyd-System schien langweilig zu sein und Diplomatie war oftmals ein langwieriger und nervenaufreibender Prozess. Obi-Wan seufzte und ermahnte sich selbst. Er wusste, dass er für jede Mission dankbar sein musste. Zumindest bot sie Abwechslung.

Kapitel 2

Qui-Gon lief schon die Shuttle-Rampe hinunter, noch bevor sie den Boden des Hangars auf Vorzyd 4 berührte. Er hatte während der ganze Reise die Informationen über die Planeten und ihre Geschichte durchgesehen und war froh, sich endlich bewegen zu können und etwas frische Luft zu bekommen. Alle Datenträger hatten Informationen über die gemeinsame Geschichte der Planeten enthalten und obwohl der Erfolg von Vorzyd 4 als friedliche Handelsmacht bewundernswert war, so hatte es sich doch um eine sehr trockene Recherche gehandelt. Unter all den Informationen hatte Qui-Gon keinerlei Hinweise darauf gefunden, wie die Vorzydianer als Individuen waren.

Der Hangar, in dem sie gelandet waren, war recht ruhig. Abgesehen von ein paar Arbeitern, die anscheinend einige Transportschiffe mit Frachtgütern beluden, waren nicht viele Wesen hier.

„Wird uns irgendjemand in Empfang nehmen?", fragte Obi-Wan. Er unterdrückte ein Gähnen, als er mit Qui-Gon vor der Rampe stand. Qui-Gon nahm an, dass die Recherche seines Padawans auch nicht unterhaltsamer gewesen war.

Noch bevor Qui-Gon die Frage bejahen konnte, erschien ein junger Vorzydianer vor ihnen. Er blieb einen Augenblick stehen und verneigte sich dann vor den Jedi. Er verhielt sich ruhig, doch seine Antennen zuckten nervös. Qui-Gon wusste aus seinen Nachforschungen, wie unwahrscheinlich es war, dass der Vorzydianer schon einmal Lebewesen gesehen hatte, die nicht von seinem Planetensystem stammten.

„Willkommen", sagte ihr Führer ausdruckslos. „Folgt mir." Er drehte sich um und ging schnell aus dem Hangar. Die Jedi mussten eilig folgen, um Schritt halten zu können.

Qui-Gon hatte sich darauf gefreut, mit dem jungen Vorzydianer sprechen zu können. Er hatte gehofft, auf diese Weise die Spezies etwas besser kennen zu lernen. Doch abgesehen von der knappen Begrüßung schien der Vorzydianer zu keinerlei weiterer Konversation bereit zu sein. Er führte sie in recht schnellem Tempo durch die Straßen.

Als Qui-Gon versuchte, ein paar Fragen zu stellen, zeigten der konsternierte Blick und die zuckenden Antennen deutlich, dass ihr Führer sich dabei unwohl fühlte. Vielleicht hatte Chairman Port ihn angewiesen, nichts zu sagen. Qui-Gon beschloss daher, sich auf die Beobachtung der Umgebung zu konzentrieren. Er würde die Vorzydianer schon noch näher kennen lernen.

Die Straßen von Vorzyd 4 waren beinahe leer. Obwohl es mitten am Tag war, war niemand unterwegs. Qui-Gon sah auch keine Getränkeverkäufer oder Plätze, an denen man sich treffen konnte.

Alle Gebäude waren hoch und viereckig. Es gab keinerlei bogenförmige Eingänge oder Portale. Keine großen Fenster oder Verzierungen. Kein einziges Materialkörnchen war für irgendein Dekor verschwendet worden. Alles schien im Hinblick auf höchste Effizienz gebaut worden zu sein, einschließlich des Rasters, in dem die Gebäude angeordnet waren, und ihrer eintönigen Farbmarkierungen.

Als Qui-Gon den Vorzydianer vor ihnen betrachtete, wurde ihm klar, dass das auch für die Kleidung auf Vorzyd 4 galt. Bisher hatte ausnahmslos jeder, den er gesehen hatte, einen einfachen, eng anliegenden, einfarbigen Overall getragen. Der besaß noch nicht einmal einen Kragen.

Die Drei waren noch nicht weit gegangen, als der Vorzydianer vor einem unscheinbaren, blassbraunen Gebäude stehen blieb. Auf dem Schild neben dem Eingang stand MULTYCORP. Der Führer aktivierte den Türöffner und bat die Jedi hinein. Qui-Gon, der erwartet hatte, einen Eingangsbereich oder zumindest einen Korridor zu betreten, war überrascht festzustellen, dass sie sich in einem Turbolift wiederfanden, der sofort in den vierundzwanzigsten Stock fuhr. Eine droidenhafte Stimme sagte die Namen des jeweiligen Stockwerks an, das sie passierten. „Montage Sieben, Montage Acht, Produktion Neun, Produktion Zehn ..." Irgendwann erreichten sie „Verwaltung Vierundzwanzig."

Die Tür glitt auf und ein großer Vorzydianer betrat hastig den Aufzug, ohne zu warten, bis die Insassen ausgestiegen waren. Er rannte Obi-Wan beinahe um.

„Unproduktiver Eintritt", murmelte der vorzydianische Führer.

Der große Vorzydianer starrte die Gruppe an, sagte aber nichts. Qui-Gon fragte sich, wer er wohl war.

„Kennt Ihr ihn?", fragte er den Führer.

Der schüttelte nur den Kopf und führte die Jedi aus dem Turbolift und durch ein Gewirr von beigefarbenen Arbeitsplätzen. Hunderte von Vorzydianern in Overalls saßen eng beieinander, sprachen in Kopfbügelmikrofone und tippten Informationen ein, die auf Datenschirmen erschienen.

Obwohl viele der Wesen gleichzeitig sprachen, hörte man nur ein gedämpftes Murmeln. Es war keine einzige Stimme herauszuhören. Es gab keinerlei Unterhaltung zwischen den Arbeitern. Und abgesehen von dem vorzydianischen Zahlensymbol über jeder der Stationen gab es kein einziges Merkmal, an dem die Arbeitsplätze zu unterscheiden gewesen wären.

Ist es möglich, dass Chairman Port von hier aus seinen Planeten regiert?, fragte sich Qui-Gon. *Von einer vorzydianischen Fabrik?* Qui-Gon sah seinen Padawan an, der die Augenbrauen leicht anhob. Offensichtlich war er ebenso perplex wie sein Meister.

„Wartet hier", instruierte sie der Führer. Er bat die Jedi in einen kleinen Raum, in dem ein großer Tisch, umgeben von Bänken, stand. Dann ging er eilig davon und verschwand in dem Labyrinth aus Arbeitsplätzen.

Einen Augenblick später erschien Chairman Port in der Tür. Hätte Qui-Gon das Gesicht des Mannes nicht im Tempel-Archiv gesehen, so hätte er niemals vermutet, dass dieser Mann der Regent eines Planeten war. Er trug denselben farblosen Overall wie der Rest der Planetenbewohner und er schien ebenso gehetzt. Obwohl sich seine Miene nicht veränderte, zuckten seine Antennen, während er sprach.

„Wir sind froh, dass Ihr gekommen seid", sagte er. Er durchschritt schnell den Raum und setzte sich auf eine der Bänke, die um den großen Tisch standen. „Wir haben alle Bewohner von Vorzyd 5 unseres Planeten verwiesen. Und doch gibt es noch immer Angriffe. Sie wollen unsere Produktivität senken. Diese Attacken müssen aufhören."

Qui-Gon holte tief Luft. „Gehe ich recht in der Annahme, dass bislang bei diesen Übergriffen noch niemand verletzt wurde?"

„Das ist richtig." Ports Antennen zuckten schneller.

„Die Saboteure haben sich darauf konzentriert, die Produktivität zu bremsen?", fragte Obi-Wan und hoffte, dass Chairman Port detaillierter Auskunft geben würde.

„Ja. Die Produktivität ist gefährdet. Wir können nicht mehr arbeiten." Chairman Port bewegte seinen Kopf nickend vor und zurück.

„Weshalb verdächtigt Ihr Vorzyd 5?", fragte Qui-Gon. „Haben sie sich zu irgendeinem der Übergriffe bekannt? Haben sie Bedingungen genannt oder Forderungen gestellt?"

Qui-Gon hielt es durchaus für möglich, dass Vorzyd 5 nach einer gewissen Zeit der Abhängigkeit von Vorzyd 4 eine ablehnende Haltung seinem Nachbarn gegenüber entwickelt hatte. Aber konkrete Maßnahmen gegen einen Nachbarplaneten zu ergreifen, erschien Qui-Gon nicht unbedingt nahe liegend – vor allem jetzt nicht, da Vorzyd 5 doch selbst aufblühte.

„Wir müssen Vorzyd 5 aufhalten", sagte Chairman Port und wich damit Qui-Gons Fragen aus. „Werdet Ihr Kontakt mit ihnen aufnehmen?"

Qui-Gon wollte gerade antworten, als Port aufstand. Er wollte die Sitzung offensichtlich so schnell wie möglich beenden. „Also an die Arbeit?", sagte er.

Qui-Gon blieb sitzen. Er wollte noch viel mehr fragen und langsam hatte er das deutliche Gefühl, dass hier nicht alles so war, wie es schien. „Bevor wir Vorzyd 5 kontaktieren, würde ich gern die Orte inspizieren, an denen die Sabotageakte durchgeführt wurden. Man sollte niemals voreilige Anschuldigungen äußern."

Chairman Port schien über Qui-Gons Worte nachzudenken, sagte aber nichts.

Der Jedi fuhr fort. „Ich würde außerdem gern mindestens eine Nacht auf Vorzyd 4 verbringen, um eine Vorstellung davon zu bekommen, wie Ihr lebt ..., wenn Ihr nicht arbeitet."

Chairman Ports Antennen bewegten sich jetzt so wild, dass sie sich jeden Moment zu verknoten schienen. „Wenn wir nicht arbeiten?", fragte er erstaunt. „Wir essen. Schlafen. Sonst nichts."

Port war mit Qui-Gons bedachter Vorgehensweise ganz eindeutig unzufrieden. Er wollte sofort Taten sehen. „Ich werde Euch am Ende des Arbeitstages zu den Wohnbauten bringen ..."

Chairman Port wurde unterbrochen, als eine Arbeiterin hereingelaufen kam. „Vorzyd 5!", rief sie. „Wieder ein Angriff!" Ihrer schrillen Stimme war die Aufregung zu entnehmen. „Die Produktivitäts-Überwachung zeigt alarmierende Daten an!“

Port lief aus dem Zimmer und schaute auf den nächstliegenden Datenschirm. „Sechs Tage hinter dem Zeitplan bei Warenlieferungen“, murmelte er. „Das kann nicht sein.“

Überall standen Arbeiter von ihren Stationen auf und sahen sich verwirrt um. Qui-Gon fiel auf, dass ihre ohnehin schon nervös zuckenden Antennen beim Anblick der braunen Jedi-Roben noch wilder zappelten. In dieser gleichförmigen Umgebung fielen er und Obi-Wan sogar in der schlichten braunen Jedi-Kleidung auf wie blinkende Warnleuchten.

Qui-Gon und Obi-Wan folgten Chairman Port zum Turbolift. Als sie sich durch das Labyrinth arbeiteten, fiel Qui-Gon auf, dass ein paar der Arbeiter sich wiegend vor und zurück bewegten. Andere schienen plötzlich krank zu sein, denn sie hatten ihre Hände auf den Bauch gelegt oder stützten sich auf die Tische. Nur Chairman Port schien relativ ruhig zu bleiben, obwohl er auch keinen sonderlich gesunden Eindruck mehr machte.

Als sich die Türen des Turbolifts schlossen, stieß Qui-Gon einen tiefen Seufzer aus. Offensichtlich konnten die Bewohner von Vorzyd 4 etwas anderes als ihre tägliche Routine nicht ertragen.

Dies würde eine sehr interessante Mission werden.

Kapitel 3

Obi-Wan saß nun schon seit über einer Stunde vor dem Computer-Mainframe. Der vorzydianische Techniker, der dieser Station zugewiesen war, ging unruhig hinter ihm auf und ab. Von Zeit zu Zeit blieb er stehen und spähte Obi-Wan über die Schulter. Manchmal streiften seine Antennen Obi-Wans Rücken und er hörte, wie er etwas über Vorzyd 5 murmelte.

Obi-Wans Meister war mit Chairman Port zu den Arbeitern gegangen, um sie zu beruhigen. Die Gesundheit der Vorzydianer schien ebenso bedroht wie ihre technischen Einrichtungen. Wenn es Chairman Port nicht gelingen würde, seine Arbeiter zu beruhigen, würde es mit Sicherheit zu einer schweren Krise kommen. In Anbetracht des allgemeinen Stresses, den Obi-Wan noch immer in dem ganzen Gebäude spürte, würde Qui-Gon aber wahrscheinlich nicht sonderlich viel Glück haben.

Doch Obi-Wan hatte ebenso wenig Glück. Das Problem lag darin, dass das Computersystem alles andere als einfach zu durchschauen war. Obi-Wan wusste, dass er das Durcheinander nicht schnell beseitigen konnte, er hoffte jedoch, im Laufe seiner Versuche etwas darüber herauszufinden, was zu diesem Problem geführt hatte.

Dann war jedoch urplötzlich die Störung so schnell verschwunden wie sie aufgetreten war. Alle Computer im Gebäude liefen wieder, als hätte es nie eine Störung gegeben. Und es war nicht zu erkennen, was mit den Maschinen geschehen war.

Obi-Wan gab dem nervösen Techniker ein Zeichen. Der nickte und sprach in einen Comlink an der Wand. „Zurück an die Arbeitsplätze. Arbeit wieder aufnehmen."

Ein paar Techniker in der Nähe sahen Obi-Wan dankbar an, als sie sich wieder an ihre Arbeitsstationen setzten. Sie nahmen wohl an, dass er das Problem behoben hatte.

Die restlichen Vorzydianer gingen eilig wieder an die Arbeit. Sie waren erleichtert, dass alles wieder normal ablief. Sogar die sehr kranken Vorzydianer mühten sich ab, wieder an ihre Arbeitsplätze zu kommen.

Obi-Wan blieb an Ort und Stelle. Er wollte das System noch eingehender durchsuchen. Vielleicht würde er so einen Hinweis auf das mysteriöse Problem finden. Doch der Techniker, der neben ihm stand, wollte offensichtlich, dass Obi-Wan verschwand.

„An die Arbeit?", fragte der Techniker. Er schien recht aufgeregt zu sein.

Obi-Wan erhob sich seufzend. Er wollte nicht, dass seine Neugier den Vorzydianer beunruhigte.

Auf seinem Weg zurück zum vierundzwanzigsten Stockwerk dachte Obi-Wan noch einmal über alles nach, was er herausgefunden hatte. Unglücklicherweise war es nicht viel. Der Saboteur musste irgendjemand sein, der das Computersystem genau so gut wie die Techniker kannte, die es bedienten. Vielleicht sogar noch besser. Aber es gab definitiv keinen Hinweis darauf, dass Vorzyd 5 die Störung verursacht hatte. Obi-Wan wurde den Verdacht nicht los, dass der Störenfried aus den eigenen Reihen der Vorzydianer des vierten Planeten stammte – oder zumindest ein Spion war.

Bevor Obi-Wan seine Erwägungen Qui-Gon oder Chairman Port mitteilen konnte, erklang ein langes dumpfes Summen im Gebäude. Alle Vorzydianer stöhnten enttäuscht auf und der Ton hallte durch die Gänge. Der seltsame Klang ging Obi-Wan unter die Haut. Er war sich nicht im Klaren, ob die Arbeiter enttäuscht darüber waren, dass ihr Arbeitstag wegen der Unterbrechung verkürzt worden war, oder ob sie jeden Tag ein solches Geräusch von sich gaben, wenn es Zeit war zu gehen.

Wie alle anderen schien auch Chairman Port sich nur

schwer von seiner Arbeit losreißen zu können. Doch schließlich stand er auf und bat die Jedi, ihm zu folgen.

Unmengen von Vorzydianern strömten wie eine flüssige Masse aus den Gebäuden. Obwohl sie dicht gedrängt gingen, machten sie einen weiten Bogen um Qui-Gon und Obi-Wan – sogar in den vollen Shuttles, in denen sie zum vorzydianischen Wohngebiet fuhren. Obi-Wan tat es Leid, dass sich die Vorzydianer in ihrer Gegenwart so unwohl fühlten, er war aber auch dankbar, ein wenig Bewegungsfreiheit zu haben. So konnte er aus den Stahlglasfenstern des Shuttles schauen.

Obi-Wan erwartete, dass sich die Szenerie ändern würde, als sie den Arbeitsbereich der Stadt verließen. Er hatte angenommen, dass sie das Areal der identischen Gebäude verlassen würden und er nun einen Blick auf die unbebaute Landschaft des Planeten werfen könnte – oder zumindest auf Parks und Plätze. Doch dem war nicht so.

In den Randbezirken der Stadt wurde das Arbeitsviertel zum Wohngebiet. Hätte Chairman Port jedoch Obi-Wan nicht erklärt, wo sie waren, so hätte der es nicht bemerkt. Die Gebäude des Wohngebiets waren etwas kleiner und um Verkehrsverteiler angeordnet, an denen automatisierte Shuttles Passagiere aufnahmen und abluden. Alles andere glich exakt dem Arbeitsareal.

Es gab keine Vorgärten. Keine Landeplätze für private

Fahrzeuge. Keine Vorzydianer, die draußen saßen und sich entspannten.

Daher waren die Jedi auch nicht überrascht, dass sich das Heim von Chairman Port in keinster Weise von allen anderen Bauwerken unterschied. Wie seine Kleidung und sein Arbeitsplatz: Nichts unterschied ihn vom Rest der Bevölkerung. Port lebte im mittleren Stockwerk in einem der vielen Wohnbauten.

„Meine Frau Bryn", sagte Chairman Port und stellte Qui-Gon und Obi-Wan eine schlanke Vorzydianerin vor, die einen etwas anders gefärbten Overall trug. „Die Jedi", sagte Port. „Qui-Gon und Obi-Wan."

Bryns Antennen zuckten, als sie die Jedi ansah.

„Habt Dank für Eure Gastfreundschaft", sagte Qui-Gon und streckte ihr die Hand aus. „Chairman Port hat uns freundlicherweise eingeladen, mit Euch zu essen."

Bryn nickte noch einmal, schüttelte aber Qui-Gons Hand nicht. Stattdessen drehte sie sich zur Küche um. Sie drückte ein paar Tasten und stellte noch zwei Gedecke auf den Tisch, der bereits für zwei gedeckt war.

„Grath isst nicht mit uns", sagte sie.

Chairman Port nickte.

„Kommt er später heim?", fragte Obi-Wan. Er wusste aus den Informationen von Jocasta Nu, dass die Ports einen fünfzehnjährigen Sohn hatten. Obi-Wan konnte es kaum erwarten, ihn kennen zu lernen. Vorzyd 4 kam ihm so ... langweilig vor. Er konnte sich nicht vorstellen, wie das Leben eines Teenagers auf diesem Planeten aussah. Er hatte gehofft, dass er sich mit dem Jungen besser unterhalten konnte als mit den Vorzydianern, die er bereits kennen gelernt hatte.

„Nach dem Essen“, gab Bryn knapp zurück. „Er arbeitet.“

Während sie darauf warteten, dass das Essen aufgetragen wurde, sahen sich Obi-Wan und Qui-Gon in der kleinen Wohnung um. Sie war ebenso zweckmäßig wie bequem möbliert, verriet aber nichts über die Bewohner. Sie erinnerte Obi-Wan an die sterilen Zimmer, die Reisende auf Coruscant mieten konnten. Da so viele verschiedene Spezies durchreisten, waren diese Unterkünfte einfach nur sauber und ordentlich.

„Ist Grath abends oft nicht zu Hause?“, fragte Qui-Gon. „Es muss doch schade sein, die letzte Mahlzeit des Tages nicht gemeinsam einnehmen zu können.“

Obi-Wan wusste, dass Qui-Gon auch nach Zeichen emotionaler Bindungen in der Familie suchte.

„Es ist eine Ehre, zu arbeiten“, sagte Chairman Port angespannt.

Seine Frau nickte. „Möge er morgen so produktiv sein wie heute“, sagte sie.

Qui-Gon und Obi-Wan tauschten Blicke aus, als sich wieder Schweigen am Tisch ausbreitete.

Obi-Wan kaute auf einem besonders zähen und geschmacklosen Stück des ohnehin nicht identifizierbaren Essens herum. „Was unternehmt Ihr abends, um Euch zu entspannen?", fragte er in der Hoffnung, doch noch eine Konversation in Gang bringen zu können. Obwohl er das Gefühl hatte, dass das ein sinnloses Unterfangen war, war er doch der Meinung, dass er es immerhin versuchen sollte.

Bryn sah mit einem konsternierten Gesichtsausdruck von ihrem Essen auf. „Wir lesen Anleitungen, um unsere Arbeit zu verbessern", gab sie zurück, als wäre das selbstverständlich.

Obi-Wan fragte sich plötzlich, ob Grath vielleicht absichtlich abends arbeitete, um nicht am Abendessen teilnehmen zu müssen. Er konnte sich nur schwer vorstellen, dass die jungen Leute auf Vorzyd 4 ebenso arbeitssüchtig waren wie ihre Eltern. In mancher Hinsicht, so dachte er, war das Leben hier dem Leben im Jedi-Tempel sehr ähnlich. Dort gaben sich Kinder wie Erwachsene vollkommen dem Studium der Macht hin. Der Weg der Jedi war natürlich faszinierender als alles andere, was Obi-Wan jemals in seinem Leben zuvor gesehen hatte. Doch auch Obi-Wan musste zugeben, dass er sich manchmal etwas Freizeit wünschte – eine Pause.

Als er von seiner Schüssel aufsah, bemerkte er, dass Qui-Gon ihn anstarrte. Obi-Wan spürte, wie er errötete.

Er hatte schon oft das Gefühl gehabt, als könnte Qui-Gon seine Gedanken lesen; er hoffte, dass es gerade jetzt nicht der Fall gewesen war.

Ja, Obi-Wan war in letzter Zeit frustriert gewesen. Doch das bedeutete nicht, dass er den Weg der Jedi verlassen wollte. Er hatte es schon einmal getan und das hatte sich als der größte Fehler seines Lebens herausgestellt. Und doch gab es Zeiten – vor allem wenn er das Gefühl hatte, nicht voranzukommen –, in denen er sich fragte, wohin ihn all seine harte Arbeit führen würde.

Kapitel 4

Chairman Port führte die Jedi zu einem Gebäude nicht weit von seiner Wohnung. „Das ist unser Gebäude für Ruheständler", sagte er. „Meine Mutter lebte hier, nachdem sie nicht mehr arbeitete. Jetzt ist sie tot. Das Zimmer ist frei." Seiner Stimme waren keinerlei Emotionen zu entnehmen.

„Es tut mir Leid zu hören, dass Eure Mutter verstorben ist", sagte Qui-Gon sanft. „Ist es lange her?"

„Einen Monat", gab Port zurück.

Qui-Gon fiel auf, dass die Antennen von Chairman Port leicht zitterten. „Es ist nicht einfach, einen Elternteil zu verlieren."

„Arbeiter leben ohne Arbeit nicht lange", gab Port mit fester Stimme zurück. Aber er blieb zögernd vor dem Gebäude der Ruheständler stehen, so als wollte er nicht hineingehen. „Zweiter Stock", sagte er. „Die dritte Tür links."

Er drückte Qui-Gon einen Schlüsselpass mit einem Zugangscode in die Hand und wandte sich zum Gehen. „Morgen werden wir Vorzyd 5 kontaktieren. Die Arbeit muss weitergehen."

Als sich die Tür hinter ihnen schloss, hörte Qui-Gon im Korridor ein Tappen. In alle Richtungen erstreckten sich Korridore mit vielen Türen. Zu ihrer Linken mühte sich jemand mit einer Gehhilfe ab. Er winkte, um ihre Aufmerksamkeit zu erregen. Es war ein alter Vorzydianer.

„An die Arbeit", rief er mit rauer Stimme. „Ist der Shuttle da? An die Arbeit." Obi-Wan wollte auf die gekrümmte Gestalt zugehen, doch Qui-Gon legte ihm die Hand auf die Schulter, um ihn davon abzuhalten. Der Vorzydianer drehte sich um und ging, noch immer murmelnd, in die andere Richtung davon. Er hatte gar nicht mit ihnen gesprochen. Er sprach vor sich hin und Qui-Gon wusste, dass sie nichts für ihn tun konnten.

Das Zimmer von Ports Mutter war ebenso dunkel wie der Rest des Komplexes. Doch es standen zwei Liegen darin und das war ausreichend für die Jedi. Obi-Wan ging unruhig zwischen den beiden Liegen hin und her. Qui-Gon wusste, dass er auf eine Gelegenheit wartete, endlich zu sprechen. Vor einem Jahr noch hätte er ihm schon lange seine Gedanken mitgeteilt. Doch Qui-Gons Padawan wurde älter, weiser. Er wurde ein Jedi.

„Meister, ich glaube nicht, dass Vorzyd 5 für den heutigen … Zwischenfall verantwortlich ist", sagte Obi-Wan schnell. „Ich weiß nicht, wer verantwortlich ist, aber wir dürfen Vorzyd 5 nicht kontaktieren, bevor wir keine genauere Vorstellung darüber haben, was vor sich geht."

„Das ist richtig", sagte Qui-Gon und nickte.

„Ich spüre … ich spüre, dass auf Vorzyd 4 irgendetwas nicht in Ordnung ist", fuhr Obi-Wan fort. „Und da ist noch mehr. Es gibt hier so etwas wie … ein Geheimnis."

Qui-Gon nickte erneut. Er hatte dasselbe gespürt, war sich dessen aber nicht bewusst gewesen, bevor Obi-Wan es ausgesprochen hatte. Auf Vorzyd 4 gab es ein Geheimnis. Sie mussten sehr vorsichtig agieren.

Qui-Gon legte sich hin und atmete tief ein. Obi-Wan tat neben ihm dasselbe. Es war ein eigenartiger Tag gewesen und Qui-Gon freute sich auf die Meditation. Doch selbst nachdem er ein paar Minuten lang versucht hatte, sich zu entspannen, kam die gewohnte tiefe Ruhe nicht über ihn.

Stattdessen waren seine Gedanken voller Bilder von Obi-Wan. Obi-Wan befand sich in einem Übungsduell mit dem Jedi-Schüler Bruck Chun und ließ sich eher von seinem Zorn als von seinen Instinkten leiten. Dann ein Bild von Obi-Wan, der ihn auf Melida/Daan verlassen hatte, um einer Gruppe von Jugendlichen zu helfen. Verwundet und kleinlaut, aber tapfer genug, um seine Schwäche einzugestehen – auch wenn es bedeutete, dass er niemals ein Jedi werden würde. Der Junge war in den letzten fünf Jahren sehr gewachsen. Er war nicht nur stärker und größer geworden, er lernte auch mehr und mehr, seinen Instinkten und der Macht zu vertrauen.

Noch ein Bild von Obi-Wan kam Qui-Gon in den Sinn. Ein älterer Obi-Wan, der bereit war, den intensiven Weg der Prüfung zu beschreiten. Er würde bald kein Junge mehr sein. Er würde den Schritt zum Jedi-Ritter machen.

Stolz und Traurigkeit erfüllten Qui-Gon gleichermaßen, als er sich den Jedi-Meister Obi-Wan Kenobi vorstellte. Er freute sich schon auf die Zeit, wenn sie Seite an Seite als Jedi-Ritter kämpfen würden. Aber seine Gedanken waren von keinem Bild begleitet. Qui-Gon wurde eng um die Brust. Er war so stolz auf Obi-Wan – auf alles, was er erreicht hatte. Warum konnte er ihn nicht als Jedi-Ritter sehen? *Vielleicht möchte ich nicht sehen, wie der Junge erwachsen wird,* dachte er.

Das Klicken und Summen der Tür verdrängte den Gedanken aus Qui-Gons Kopf. Er riss die Augen auf. Er sah sofort, dass das Zimmer leer war. Obi-Wan war weg.

Kapitel 5

Obi-Wan ging auf den Ausgang zu. Anders als sein Meister war er zu unruhig, um zu meditieren. Obwohl er sich wünschte, dass er Qui-Gons Fähigkeit hätte, seine Gedanken zu beruhigen, hatte er mittlerweile gelernt, wann es ihm unmöglich war und er es einfach akzeptieren musste. Es gab Zeiten, in denen es besser war, die Energien in konkrete Handlungen umzusetzen.

Der Korridor des Ruhestandskomplexes war dunkel und still und Obi-Wan war beinahe durch die Tür, als ein Geräusch die Ruhe störte. Er drehte sich überrascht um. War das Gelächter gewesen?

Obi-Wan ging schnell in die Richtung zurück, aus der das Geräusch gekommen war. Er bog um eine Ecke und sah zwei Vorzydianer – eine jüngere und eine ältere Frau – in einem der Zimmer. Die ältere Frau saß auf einer Liege, während die andere mit dem Rücken an die Wand gelehnt stand.

„Großvater war so komisch", sagte die junge Vorzydianerin.

Die alte Frau nickte. „Das habe ich so an ihm geliebt." Sie lächelte und ihr kleiner, dünner Körper schien plötzlich voller Energie zu sein, als sie sich auf der Schlafcouch aufrichtete. „Er war so erfrischend. Natürlich dürfen wir uns solche Dummheiten nicht erlauben. Vor allem jetzt nicht."

Die junge Vorzydianerin nickte bedeutungsschwer. „Die Zeiten ändern sich, Großmutter", sagte sie. Das Mädchen sah auf den Zeitmesser an seinem Handgelenk, stieß sich von der Wand ab und ging zu seiner Großmutter. „Ich muss jetzt gehen, bin aber bald wieder zurück."

Die alte Frau strich mit ihren Antennen sanft über das Gesicht der jüngeren. Ihre Augen waren voller Traurigkeit. „Versprich es mir", sagte sie leise. „Ich habe nicht mehr viel Zeit."

Das Mädchen runzelte die Stirn und schüttelte den Kopf. „Sag das nicht, Großmutter. Du wirst sicher noch lange leben." Es legte seine Fühler um die der älteren Frau und so standen sie einige Zeit schweigend beieinander.

Trotz der Worte des Mädchens spürte Obi-Wan, dass es erkannte, dass seine Großmutter die Wahrheit gesagt hatte. Die alte Vorzydianerin sah recht zerbrechlich aus und es schien so, als würden ihre Lebenskräfte schwinden.

„An die Ar..." Die alte Frau hielt inne und sprach den traditionellen Gruß der Vorzydianer nicht zu Ende. „Also auf Wiedersehen", sagte sie lächelnd.

„Bis bald, Großmutter", gab das Mädchen beinahe flüsternd zurück. Doch es ließ noch ein paar Sekunden verstreichen, bevor es die Fühler seiner Großmutter losließ. Dann wandte es sich um und ging schnell aus dem Zimmer.

Obi-Wan verschwand hinter einer Ecke. Er war sich nicht sicher, ob das Mädchen ihn gesehen hatte. Er hatte leichte Schuldgefühle, denn das Treffen sollte sicher nicht bemerkt werden. Andererseits war er froh, jetzt zu wissen, dass es auf Vorzyd 4 auch emotionale Bindungen gab. Das machte ihm ein wenig Hoffnung.

Das Mädchen ging hastig den Korridor entlang und zur Tür hinaus. Obi-Wan folgte ihm. Die Nacht war dunkel und still. Außer den Schritten des Mädchens war keinerlei Geräusch zu vernehmen. Offensichtlich schlief der größte Teil der Bevölkerung.

Als das Mädchen nicht weit entfernt in ein Gebäude ging, tauchte eine andere Gestalt vor dem Wohnbau auf, in dem auch die Ports lebten. Es war ein Junge. Obi-Wan nahm an, dass es sich um Grath handelte, den Sohn der Ports. Er spürte einen leichten Anflug von Aufregung. Er hatte an diesem Abend bereits wertvolle Informationen gesammelt und konnte vielleicht noch mehr sammeln, bevor die Sonnen aufgingen.

Grath schaute sich vorsichtig um und ging über die Straße zur Shuttle-Plattform. Das überraschte Obi-Wan. Warum sollten die Shuttles in Betrieb sein, wenn doch fast alle im Bett lagen? Das wäre kaum effektiv.

Während sich Obi-Wan im Schatten versteckte, wartete Grath auf der Plattform. Es dauerte nicht lange und ein kleiner Wartungs-Shuttle hielt an der Station. Eine Sekunde später gingen die Türen auf und Grath stieg ein.

Obi-Wan wusste, dass er nicht ungesehen mit dem Shuttle mitfahren konnte. Es blieb ihm also nur eine einzige Möglichkeit …

Er suchte schnell die Außenseite des Fahrzeugs ab und fand eine Durastahl-Stange, die an der Außenseite um das ganze Dach herum führte. Sie befand sich ein paar Meter über seinem Kopf und sehr dicht am Fahrzeug. Obi-Wan war sich nicht einmal sicher, ob sie sein Gewicht tragen würde – oder ob er sich überhaupt richtig daran festhalten konnte. Es gab nichts, worauf er seine Füße hätte abstützen können und er hatte natürlich keine Ahnung, wie lange die Fahrt dauern würde.

Obi-Wan hatte nicht viel Zeit nachzudenken, denn die Türen schlossen sich schon wieder zischend. Er lief zu dem Shuttle, stieß sich vom Boden ab und bekam die

Stange zu fassen. Seine Finger reichten gerade um das Rohr herum und er konnte sich festhalten.

Das würde unbequem werden.

Der kleine Shuttle nahm Fahrt auf und es dauerte nicht lange, bis er mit Höchstgeschwindigkeit dahinschoss. Obi-Wan versuchte, seine schmerzenden Finger und Arme zu ignorieren, damit er sich auf die Unterhaltung konzentrieren konnte, die in dem Shuttle geführt wurde. Der Lärm des Fahrzeugs und der Wind in seinen Ohren machten das schon schwierig genug. Doch eine der Türen war offen und er bekam immer wieder Bruchstücke mit.

„Das Treffen …" „Bisher unser bestes …" „Die Aufmerksamkeit unserer Eltern …"

Während Obi-Wan zuhörte, wurde ihm immer klarer, dass er das Geheimnis von Vorzyd 4 gelüftet hatte. Die Kinder des Planeten hatten etwas vor; unter der Oberfläche geschah sehr viel mehr, als die erwachsenen Arbeiter wussten. Es war sogar denkbar, dass die Kinder für die Sabotage verantwortlich waren.

Obi-Wan fragte sich, was die Motive der Kinder waren – und was wohl ihr nächster Schlag sein würde – als er nach rechts sah. Der Shuttle war kurz davor, in unvermindertem Tempo durch einen kleinen Tunnel zu schweben. Und Obi-Wan würde nicht mit hindurch passen.

Kapitel 6

Obi-Wan presste sich so dicht wie möglich gegen die Seitenwand des Shuttles, als der in den Tunnel schoss. Die harte Oberfläche aus Durabeton streifte die Tunika an seinem Rücken, kratzte jedoch nicht an seiner Haut. Einen Augenblick später wurde der Tunnel breiter und der Shuttle begann kreischend abzubremsen.

Obi-Wan verlor beinahe den Halt. Unter Aufbringung seiner letzten Kraftreserven packte er noch einmal fest zu. Seine Knöchel traten weiß hervor und seine Fingerspitzen schmerzten. Doch er durfte nicht abstürzen und entdeckt werden. Endlich blieb der Shuttle stehen. Obi-Wan stieß einen erleichterten Atemzug aus und ließ sich vorsichtig auf den Boden gleiten.

Die Türen des Shuttles öffneten sich und Grath stieg mit dem Fahrer aus. Obi-Wan sah erst jetzt, dass es ein Mädchen war. Die beiden unterhielten sich angeregt, als sie in einem Durchgang verschwanden …

Obi-Wan folgte ihnen mit ein paar Schritten Abstand. Der Durchgang war dunkel und er musste vorsichtig gehen, da der Boden nicht völlig eben war.

Grath und das Mädchen gingen schnell durch ein Labyrinth von Korridoren und ein paar Treppen hoch. Obi-Wan fiel auf, dass die vorzydianischen Kinder wie ihre Eltern recht schnell liefen. Wegen der Effektivität, wie er annahm. Doch ihre angeregte Unterhaltung war mit der eigenartigen Kommunikation ihrer Eltern nicht zu vergleichen.

Die Treppen endeten in einem verlassenen Büro. Leere Schreibtische und verstaubte Stühle standen überall herum. Der große Raum war offensichtlich seit einiger Zeit nicht mehr benutzt worden. In einem großen, leeren Raum hatten sich ein paar Kinder versammelt. Obi-Wan beschloss, den Raum nicht zu betreten und sich draußen vor der Tür zu verstecken.

„Warum habt ihr so lange gebraucht?“, fragte eines der Kinder, als Grath und das Mädchen hereinkamen.

„Probleme mit dem Shuttle“, antwortete Grath langsam.

Es gab eine Pause und einen Augenblick befürchtete Obi-Wan, dass Grath ihn damit gemeint hatte. Er konnte sich allerdings nicht vorstellen, weshalb Grath vorgegeben hätte, ihn nicht zu sehen, wenn er ihn doch gesehen hatte.

„Nania kam später als verabredet", fügte Grath hinzu.

Obi-Wan seufzte erleichtert.

„Meine Eltern haben mich nicht aus den Augen gelassen", erklärte Nania. „Ich musste warten, bis sie im Bett waren."

„Na ja, jetzt bist du ja hier", sagte eine Jungenstimme. „Das Treffen der Freilinge kann offiziell beginnen."

Es war einen Moment lang still und die Kinder standen nur mit hängenden Armen da. Dann redeten alle auf einmal. Die Worte hallten von den Wänden wider: „Es muss geheim bleiben. Es muss friedlich bleiben. Es muss eine Überraschung sein."

Obi-Wan war beeindruckt, wie sehr sich der Chor der Stimmen von dem leisen Summen der Erwachsenen, das diese am Ende des Tages von sich gaben, unterschied. Die Stimmen der Kinder waren voller Energie.

Nachdem die Regeln ausgesprochen waren, begann das Treffen. Sofern Obi-Wan es einschätzen konnte, drehte es sich um ernsthafte Berichte der verschiedenen Jugendlichen über ihre neuesten Sabotageaktionen, die sie als ‚Streiche' bezeichneten. Sie erzählten einer nach dem anderen was sie unternommen hatten und wie es ausgegangen war. Ihre Stimmen verrieten Aufregung, aber alle Teenager warteten geduldig ab, bis sie an der Reihe waren. Das Treffen war voller Energie, lief aber geordnet ab.

„Wir haben die Verkehrszeichen verstellt und die Arbeiter kamen eine Stunde zu spät auf ihre Posten", berichtete ein Junge.

„Mein Vater war furchtbar wütend, als er nach Hause kam", sagte ein anderes Mädchen. „Aber ich sah, wie meine Mutter lächelte, als er ihr davon erzählt hat."

„Gut", sagte Grath. „Wir wollen sie zum Nachdenken bringen."

„Die falschen Arbeitsanweisungen, die wir heute in der Elektronikfabrik verbreitet haben, haben alle durcheinander gebracht", sagte jemand anderes. „Sie haben die Geräte tatsächlich den halben Vormittag lang falsch zusammengebaut."

„Ich habe gehört, wie diese Maschinchen Musik abgespielt haben, anstatt Statistiken vorzulesen", berichtete eine andere Stimme.

„Haben sie überhaupt gemerkt, dass es Musik war?", fragte ein Mädchen.

Obi-Wan war hin- und hergerissen, als er zuhörte. Er war sich nicht sicher, ob das, was die Kinder taten, richtig war. Er hatte selbst gesehen, wie viel Verwirrung und Stress es den Erwachsenen verursacht hatte. Und die Anschuldigungen gegen Vorzyd 5 waren ungerechtfertigt. Er musste allerdings zugeben, dass er – wäre er ein Kind auf Vorzyd 4 gewesen – viel Vergnügen bei derartigen Aktionen gehabt hätte. Vor allem angesichts der freudlosen, nur von Arbeit erfüllten Zukunft, die vor ihm liegen würde. Und diese Kinder *arbeiteten* gemeinsam, sie setzten ihren Verstand kreativ ein. Ganz abgesehen davon mochten und vertrauten sie sich und verließen sich aufeinander. Das war mehr, als die meisten Arbeiter von sich sagen konnten.

Außerdem, so argumentierte Obi-Wan vor sich selbst, wurde niemand verletzt. Die Regeln der Freilinge sagten klar und deutlich, dass die Aktionen friedlich sein sollten. Und obwohl er nicht sicher sein konnte, nahm er an, dass sie ein gutes Motiv hatten. Eines, an das auch Obi-Wan glauben konnte.

Plötzlich erschienen in Obi-Wans Gedanken wieder Bilder von Melida/Daan. Tod, Zerstörung …

Melida/Daan war ein Planet, der von einem Bürgerkrieg zerrüttet gewesen war, der Generationen gedauert hatte. Eine Gruppe, die sich Die Jungen nannte, hatte versucht, den Kämpfen ein Ende zu setzen. Obi-Wan hatte sehr stark an die Sache der Jungen geglaubt und er hatte sogar den Weg der Jedi verlassen, um ihnen zu helfen.

Die Entscheidung war falsch gewesen. Die Ideen der Jungen waren zwar gerecht und gut gewesen, die Situation hingegen kompliziert. Es hatte Kämpfe zwischen den Anführern und einen enormen Konflikt zwischen den Generationen gegeben. Viele der Jungen waren ums Leben gekommen und es hatte überall auf dem Planeten zahlreiche Opfer gegeben. Obi-Wan war in die Kämpfe verstrickt gewesen. Als alles vorüber gewesen war, hatte Obi-Wan sich ebenso zerrissen gefühlt wie es der Planet gewesen war. Er war dankbar gewesen, dass der Rat der Jedi sich einverstanden erklärt hatte, ihn wieder aufzunehmen. Er wusste aus Erfahrung, dass es gefährlich war, zu schnell an die Ziele anderer zu glauben.

Obi-Wan fühlte sich unter dem Tisch plötzlich beengt. Er brauchte Luft und Platz. Als er sich aufsetzte, fühlte er sich besser und er konnte sogar die Kinder in dem Zimmer nebenan sehen. Er bemerkte, dass ein paar von ihnen ihre Overalls mit Stofffetzen in leuchtenden Farben verziert hatten. Andere trugen selbst gemachte Hüte oder Stirnbänder. Die Gruppe unterhielt sich noch immer angeregt. Obi-Wan war so sehr in seine Beobachtungen vertieft, dass er nicht einmal sah, wie ein vorzydianisches Mädchen auf ihn zukam.

„He, was machst du denn hier draußen?“, fragte es.

Obi-Wan schaute ertappt auf und zog schnell seine Kapuze hoch, um die Tatsache zu verbergen, dass er keine Antennen hatte. Glücklicherweise war das Bürogebäude recht dunkel.

„Es geht mir nicht gut“, sagte Obi-Wan und stand langsam auf. „Ich bin hierher gekommen, um mich etwas auszuruhen. Aber ich glaube, es wäre besser, wenn ich nach Hause gehe.“

Das Mädchen sah ihn neugierig an. „Was sind denn das für komische Kleider?", fragte es ihn.

Obi-Wan sah an seiner Jedi-Robe hinab. „Das ist mein neuer Bademantel. Ich musste mich in letzter Minute hinausschleichen und hatte keine Zeit, mich umzuziehen." Er warf einen Blick auf die einfache Tunika des Mädchens und hoffte, dass die Vorzydianer abends andere Kleider trugen. „Sieht komisch aus, nicht?", fügte er schüchtern hinzu.

„Schon", gab das Mädchen zurück. Obi-Wan schien es so, als wäre es misstrauisch, doch das Mädchen lächelte freundlich, als es den Korridor entlang und zur Tür hinaus ging.

Als sich Obi-Wan ebenfalls auf den Weg nach draußen machte und schließlich die Treppe hinablief, stieß er einen erleichterten Seufzer aus. So weit, so gut.

Kapitel 7

Qui-Gon öffnete die Augen und setzte sich in einer einzigen, flüssigen Bewegung auf. Das Zimmer war dunkel, aber er brauchte keinen Zeitmesser, um zu wissen, dass es sehr spät war. Er musste keinen Blick auf die leere Couch werfen, um zu wissen, dass das Zimmer immer noch leer war. Obi-Wan war noch nicht zurückgekehrt.

Wo ist er?, dachte Qui-Gon frustriert. *Er hätte sich mit mir absprechen sollen, bevor er ging.*

Er griff in seine Jedi-Robe, holte seinen Comlink hervor und schaltete ihn an. Er wollte gerade seinen Padawan kontaktieren, als ihn etwas dazu bewegte, es nicht zu tun.

Lass den Jungen ein paar Erkundigungen machen. Er ist kein Kind mehr, das dauernd Anweisungen braucht. Vielleicht tut er ja etwas Wichtiges. Und seine Ermittlungen könnten sich für die Mission als nützlich erweisen.

Qui-Gon legte mit einem Seufzer den Comlink zur Seite. Wieder wurde er mit Bildern seines Padawans bombardiert – Bilder eines talentierten, ungeduldigen Jungen, der zum Mann wurde. Er und Obi-Wan hatten eine Menge zusammen erlebt: Rache, Verrat, Krieg, Tod. Und es war nicht immer alles glatt zwischen ihnen verlaufen. Sie hatten beide einen starken Willen, und dabei war es manchmal zu Zusammenstößen gekommen. Andererseits hatten sie sich daran gewöhnt, auf den anderen zu bauen und ihm zu vertrauen. Sie waren mehr als ein hervorragendes Jedi-Team: Sie mochten einander und waren gute Freunde.

Als Qui-Gon sich in dem leeren Zimmer umsah, wünschte er, dass Obi-Wan für immer ein Junge blieb. Er wollte nicht, dass er sich veränderte und erwachsen wurde.

Wenn er erwachsen wird, verliere ich ihn, dachte er. *So wie ich Tahl verloren habe.*

Qui-Gon erschrak angesichts seiner Wünsche. Wie konnte er so etwas wollen? Obi-Wan musste sein eigenes Leben leben, seine eigene Bestimmung finden. Qui-Gon durfte sich nicht einmischen oder etwas anderes wünschen als das, was vorbestimmt war.

Als er sich wieder auf seine Schlafstatt legte, hielten ihn Schuldgefühle und Traurigkeit wach. Er versuchte, diese Emotionen durch sich hindurch und hinweg fließen zu lassen.

Es dauerte sehr lange, bis es geschah.

Qui-Gon schlief ruhig, als Obi-Wan zurückkam. Er konnte im Schlaf die Aufregung seines Padawans spüren, als sich die Tür hinter Obi-Wan schloss. Energie ging wie eine elektrische Spannung von dem Jungen aus. Qui-Gon wurde wach und setzte sich auf.

Obi-Wan schaltete ein gedämpftes Licht an und setzte sich auf seine Liege. „Meister", sagte er mit leuchtenden Augen. „Ich habe Neuigkeiten. Ich habe eine Menge Dinge herausgefunden, die für unsere Mission von Nutzen sein können."

Qui-Gon lächelte. Vor einem Jahr hätte Obi-Wan wie ein kleiner Jungen seine Neuigkeiten einfach erzählt, ganz gleich, worum es sich gehandelt hätte. Jetzt führte er sie trotz seiner aufgeregten Stimmung der Reihe nach auf.

„Erzähl", sagte Qui-Gon milde.

„Zwei Dinge", erklärte Obi-Wan. „Erstens sind die Vorzydianer sehr wohl in der Lage, emotionale Bindungen zu haben. Ich habe ein junges Mädchen mit seiner Großmutter gesehen und so wie sie miteinander umgingen, war es offensichtlich, dass sie einander sehr liebten."

Qui-Gon war froh über diese Neuigkeit. Irgendwie beruhigte es ihn, dass die Vorzydianer des vierten Planeten mehr Gefühle hatten, als sie normalerweise zeigten. „Und die andere Sache?"

„Das ist noch wichtiger", sagte Obi-Wan. „Vorzyd 5 ist definitiv nicht für die Sabotageaktionen verantwortlich."

Qui-Gon hob eine Augenbraue. „Ich nehme an, du wirst mir gleich verraten, wer es ist", sagte er.

Obi-Wan atmete hörbar ein. „Freilinge – die Kinder der Vorzydianer."

Qui-Gon schwieg einen Moment und ließ die Neuigkeiten auf sich wirken. Das veränderte ihre Mission entscheidend.

„Ich bin ein paar Kindern gefolgt und habe eines ihrer Treffen von einem Nebenzimmer mitgehört", erklärte Obi-Wan. „Wenn ich mich als vorzydianischer Junge ausgeben würde, könnte ich vorgeben, ihre Sache zu unterstützen und so Informationen über die Kinder einholen und das, was sie versuchen zu erreichen. Dann könnten wir ..."

„Auf keinen Fall", sagte Qui-Gon. „Verdeckte Aktionen sind nicht Teil unserer Aufgabe. Wir müssen Chairman Port über die Geschehnisse informieren."

Obi-Wan wollte schon etwas sagen, überlegte es sich aber sofort anders. Qui-Gon hatte das Gefühl, dass sein Padawan seine ganze Willenskraft einsetzen musste, um nicht vor Wut zu explodieren.

Obi-Wan nahm sich etwas Zeit, um seine Gedanken zu sortieren. Dann stand er auf, ging quer durch das Zimmer und drehte sich wieder um, um seinen Meister anzuschauen. Qui-Gon konnte fast sehen, wie sein Verstand arbeitete.

„Diese Gesellschaft ist zweifellos ungesund“, sagte Obi-Wan schließlich in aller Ruhe. „Sie tut nichts für die Leute. Die Aktionen der Jugendlichen sind offensichtlich ein Hilfeschrei. Wenn wir nicht vorsichtig mit der Enthüllung ihrer Pläne sind, gehen wir das Risiko ein, alles zu gefährden. Wir könnten damit sogar jede Hoffnung auf eine Veränderung zunichte machen.“

Obi-Wan schwieg eine Minute, sah aber seinem Meister die ganze Zeit in die Augen. Qui-Gon spürte, dass er nicht nachgeben würde.

„Den Vorzydianern wäre mehr geholfen, wenn wir beide Seiten auf die unvermeidbare Konfrontation vorbereiteten“, schloss Obi-Wan. „Das wäre noch immer ein Vermittlungsgespräch, nur nicht zwischen den Parteien, zwischen denen wir es erwartet hatten.“

Qui-Gon sah seinen Padawan an. Der stand in der Nähe der Tür und hatte die Arme über der Brust verschränkt. Seine Augen waren voller Entschlossenheit. Er glaubte einfach, dass dies der beste Weg war, die Mission fortzuführen.

Qui-Gon war anderer Meinung. Der Rat hatte sie nicht hierher geschickt, um verdeckt unter den Vorzydianern zu ermitteln. Sie müssten nun einfach erklären, dass Vorzyd 5 keine Schuld traf und Vorzyd 4 seine Probleme selbst regeln lassen. Die Jedi waren Friedenshüter, keine Politiker oder Spione.

Andererseits verliefen Mission nicht immer wie geplant. Dies war keine Ausnahme. Auf Vorzyd 4 war nichts so, wie sie es erwartet hatten. Das Abendessen bei den Ports war nicht nur anders, sondern steif und beklemmend gewesen. Das Verhältnis zwischen den Generationen konnte man wahrhaft als ungesund bezeichnen. Aber war das der Weg, es zu ändern? Und lag das überhaupt innerhalb ihrer Zuständigkeit?

Qui-Gon stand auf und ging in dem Zimmer auf und ab. Hatte er Obi-Wan nicht immer wieder gesagt, er sollte seinem Instinkt vertrauen? Wie konnte er dem Jungen diesen Ratschlag geben und ihn dann niemals danach handeln lassen?

Weil du Angst hast, ihn gehen zu lassen. Du hast Angst vor dem Tag, an dem du nicht mehr sein Meister sein wirst.

„Meister?" Obi-Wans Stimme unterbrach Qui-Gons Überlegungen. Er hatte nicht vorgehabt, so lange zu schweigen. Obi-Wan sah ihn an und wartete geduldig auf eine Antwort.

Qui-Gon atmete langsam aus. „Du kannst drei Tage lang Informationen sammeln", sagte er schließlich. „Aber du musst mich über alle Ereignisse auf dem Laufenden halten. Doch wenn du innerhalb dieser Zeit die Freilinge nicht davon überzeugen kannst, an die Öffentlichkeit zu treten und ihr Anliegen mit den Erwachsenen zu besprechen, muss ich Chairman Port von ihrer Rolle bei den Sabotageakten berichten."

Obi-Wan ließ die Arme fallen und lächelte. In seinen blauen Augen war deutlich seine Dankbarkeit zu erkennen. „Danke", sagte er.

Qui-Gon nickte. Er war sich ganz und gar nicht sicher, ob er die richtige Entscheidung getroffen hatte.

Kapitel 8

Obi-Wan begann sofort, seine nächsten Schritte zu planen. Er war etwas überrascht gewesen, dass Qui-Gon ihm die Leitung der Mission überlassen hatte, war aber auch froh darüber. Es war das erste Mal, dass Qui-Gon ihm so viel Verantwortung übergab.

Vielleicht sieht er mich jetzt langsam eher als einen Partner und weniger als Schüler, dachte Obi-Wan. Der junge Jedi hatte lange auf eine Chance wie diese gewartet – und jetzt war er entschlossen, seine Sache gut zu machen.

Obi-Wan lag auf seiner Schlafstatt und überdachte, was er bei dem Treffen der Freilinge gehört hatte. Je mehr er wusste, desto besser konnte er sich bei ihnen einschleichen. Er hatte das Gefühl, dass er gerade erst eingeschlafen war, als sein Meister ihn sanft weckte.

„Zeit aufzustehen", sagte Qui-Gon. „Die Ports warten."

Obi-Wan stand auf und zog sich schnell an. Doch als sie zur Wohnung der Ports kamen, war die Familie bereits aufgebrochen. Auf dem Tisch standen noch kalte Kibi und Patot Panak; die Jedi setzten sich hin und aßen davon, obwohl dass Essen nicht sonderlich appetitlich aussah.

In einer Nachricht auf dem Datenschirm des Hauses wurden die Jedi gebeten, baldmöglichst zum Büro von Chairman Port im Arbeitsbau zu kommen. Er wollte sofort Vorzyd 5 kontaktieren.

„Ich muss mir etwas einfallen lassen, um ihn davon abzuhalten", sagte Qui-Gon, als er in ein Panak biss.

Obi-Wan nickte. „Ich würde heute gern die Vorzyd-Schule besuchen, Meister", sagte er. „Es hat keinen Sinn, auf ein nächstes Geheimtreffen zu warten. Das wäre nur Zeitverschwendung."

„Das ist wahrscheinlich klug. Aber sei vorsichtig, Padawan." Er hielt einen Moment inne. „Und ich muss dir wahrscheinlich nicht sagen, dass du die Augen und Ohren offen halten musst, weil uns genau das so weit gebracht hat, wie wir jetzt sind."

Obi-Wan dachte einen Moment, dass sein Meister ihn zurechtwies, doch der blickte vergnügt drein, als er seinen Schüler über den Tisch ansah.

„Nein, ich glaube nicht, dass Ihr das sagen müsst", gab Obi-Wan zurück.

Als Qui-Gon den Wohnbau verlassen hatte, suchte

Obi-Wan Graths Kleidungscontainer und borgte sich einen farblosen Overall. Dann bastelte er sich einen provisorischen Turban aus seiner Robe, um seinen antennenlosen Kopf zu verstecken.

„Sieht nicht gerade top-modisch aus", sagte er zu seinem verdattert dreinschauenden Spiegelbild. Aber ein paar der Kinder, die er am Vorabend gesehen hatte, hatten umgearbeitete Kleider und selbst gemachte Hüte getragen – Versuche, sich abzuheben und anders auszusehen. Wenn er Glück hätte, würde niemand seinen Hut für eine Verkleidung halten, sondern als Beispiel für seine Selbstverwirklichung ansehen.

Mit einem letzten Blick in den Spiegel verließ Obi-Wan das Wohnhaus und ging zur Shuttle-Plattform. Es war spät am Morgen und die meisten waren bereits bei der Arbeit. Der Shuttle war beinahe leer.

Da die Stadt so ordentlich organisiert war, hatte Obi-Wan keine Probleme, die Schule zu finden. Er hatte angenommen, dass sie wie alle anderen Bauwerke auf Vorzyd 4 aussehen würde und er hatte Recht. Drei identische, unscheinbare Gebäude standen in einer Reihe und beherbergten Schüler verschiedenen Alters.

Als er um die Gebäude herum ging, spähte Obi-Wan in so viele Klassenzimmer wie möglich. Alle sahen gleich aus, nur das Alter der Schüler veränderte sich von Klassenzimmer zu Klassenzimmer. Mit starrem Blick schauten die Schüler auf große Schirme an der Vorderseite der Zimmer. Erwachsene standen dabei und paukten so viele Information wie möglich ein, wobei es sich zweifellos um Arbeitstechniken handelte. Das Ganze sah eher wie ein Arbeitslager und nicht wie eine Schule aus.

Doch Obi-Wan wusste aus Erfahrung, dass es in der Galaxis allerhand Arten von Schulen gab. Ihm fiel plötzlich der furchtbare Lern-Ring auf dem Planeten Kegan ein. Obwohl es warm war, fror er bei dem Gedanken daran, wie er und Siri, ein Padawan-Mädchen, eingesperrt worden waren.

In der dortigen Schule hatte man Kinder einer Gehirnwäsche unterzogen und so dazu gebracht, an Dinge zu glauben, die nicht stimmten. Schwierige und kranke Kinder waren eingesperrt worden – für immer. Vorzyd 4 war sicher nicht der einzige Ort, an dem Kinder daran gehindert wurden, eigene Vorstellungen zu entwickeln. Zum zweiten Mal an diesem Morgen war Obi-Wan froh, dass sein Meister ihm gestattet hatte, den Verlauf dieser Mission selbst zu gestalten. Dass er versuchen konnte, auf seine Art ein Problem zu lösen. Er wollte weder Qui-Gon noch sich selbst enttäuschen. Daher war er entschlossener denn je, seinen Plan erfolgreich durchzuführen.

Obi-Wan bog um eine Ecke und spähte durch ein kleines, rechteckiges Fenster. Dahinter lag ein kleiner, karger Raum. Grath und ein paar andere Kinder, die an dem

Treffen in der Nacht zuvor teilgenommen hatten, saßen darin auf ein paar Liegen. Der Raum sah aus wie ein Krankenzimmer, doch keines der Kinder schien krank zu sein. Sie saßen ganz im Gegenteil aufrecht da und unterhielten sich angeregt.

Obi-Wan ging etwas näher an das Fenster in der Hoffnung, mehr sehen zu können und vielleicht etwas zu hören, was die Kinder sagten. Doch im gleichen Moment ging die Tür auf und ein erwachsener Vorzydianer kam in den Raum. Die Kinder legten sich sofort hin und taten so als wären sie krank oder eingeschlafen. Der Erwachsene sah sich jedes der Kinder an und blieb dann besonders lange bei Grath stehen. Schließlich drehte er sich um und verließ – offensichtlich zufrieden – das Zimmer.

Kaum hatte sich die Tür hinter ihm geschlossen, richteten sich die Kinder wieder auf und setzten ihre Unterhaltungen fort. Ein Mädchen sprang von der Liege und gestikulierte mit den Händen, um zu betonen, was es sagte. Obi-Wan erkannte in ihm das Mädchen, das ihn am Tag zuvor bei dem Treffen entdeckt hatte.

Es schien so, als planten die Kinder etwas.

Obi-Wan ging von dem Fenster weg und konzentrierte sich auf seine Körpertemperatur. Er spürte schon bald, wie seine Glieder von einer unnatürlichen Wärme erfüllt wurden – er hatte sich selbst Fieber verschafft. Ein vorzydianisches Fieber, wie er hoffte.

Obi-Wan ging um das Gebäude herum und fand den Eingang zu dem Krankenzimmer. Er öffnete ihn und ging hinein.

„Der Knopf!", rief jemand.

„Schnell!", rief eine andere Stimme.

„Die Tür!"

Nach einer verwirrten Sekunde begriff Obi-Wan. Die Kinder wollten, dass er die Tür offen hielt – sie konnten sie von innen anscheinend nicht öffnen. Obi-Wan konnte gerade noch verhindern, dass sich die Tür schloss, indem er einen Knopf drückte. Die vier Kinder sprangen von ihren Liegen auf und rannten in das Sonnenlicht hinaus.

„Was ist mit Tray passiert?", fragte Grath, als er sich zu Obi-Wan umdrehte.

Der junge Jedi zuckte mit den Schultern und hoffte, dass das als Antwort genügte.

„Wie auch immer", sagte das Mädchen mit den lebhaften Händen. „Ich bin froh, dass uns überhaupt jemand herausgelassen hat. Es wurde langsam etwas schwierig, den Mediziner davon zu überzeugen, dass wir überhaupt krank waren."

„Los", sagte Grath und sah sich um. „Lasst uns hier verschwinden, bevor uns jemand sieht."

Die Kinder unterhielten sich weiter, als sie auf einem Durabeton-Weg vom Schulbau wegliefen.

„Ich finde, wir sollten das nächste Mal versuchen, dass

noch mehr Kinder den Unterricht verlassen können", sagte einer der Schüler, ein kleiner Junge. „Lehrer Nelo ist so besessen von seinen Lektionen, dass es ihm wohl kaum aufgefallen würde."

„Wir dürfen nicht riskieren, entdeckt zu werden", gab ein Mädchen zurück. Obi-Wan glaubte, dass es die Shuttle-Fahrerin vom Abend zuvor war, aber er war sich nicht sicher.

Die Gruppe war jetzt schon recht weit vom Schulbau weg und so verlangsamten alle ihren Lauf in ein zügiges vorzydianisches Gehen.

„Der neue Plan ist schon kompliziert genug, da sollten wir nicht noch mehr Freilinge einweihen", erklärte Grath. „Wir müssten sie dazu bringen, sich auf *ihren* Teil des Planes zu konzentrieren: Die Kinder, die die Regeln blind befolgen, dazu zu bringen, anders zu denken."

Grath drehte sich zu dem Jungen um. „Aber es ist immer gut, vorauszudenken, Flip", fügte er hinzu.

Grath lächelte den Jungen an, der sofort strahlte. Flip sah offensichtlich zu dem Anführer der Freilinge auf.

Grath lief ein paar Schritte weiter – noch immer rückwärts – und drehte sich um. „Also an die Arbeit?", rief er lächelnd.

Die anderen kicherten und liefen ihrem Anführer hinterher. Obi-Wan spürte einen Energieschub, als er sich beeilte, um den Anschluss nicht zu verlieren.

Kapitel 9

Gleichförmige Gebäude zischten am Fenster vorbei, als Qui-Gons Shuttle zum Arbeitsareal der Stadt fuhr. Der Ausblick war alles andere als inspirierend und Qui-Gons Gedanken schweiften immer wieder zu Obi-Wan ab.

Qui-Gon hatte vor dem Wohnbau der Ports gewartet und gesehen, wie sein Padawan in den Shuttle eingestiegen war, der zur Schule fuhr. Er hatte nicht hinter dem Jungen her spionieren wollen, aber irgendetwas hatte ihn dort gehalten. Als er gesehen hatte, wie sein Padawan selbstsicher an Bord des Shuttles gegangen war, hatte Qui-Gon denselben Stich in der Brust verspürt wie am Abend zuvor.

Das Gefühl war ihm neu und so unbekannt, dass es ihn bedrückte. Er fragte sich, weshalb er Obi-Wan nur so zögerlich die Führung der Mission überlassen wollte. Hatte er Angst, den Jungen zu verlieren oder machte er sich über dessen Sicherheit Sorgen?

„Produktionssektor sieben", sagte eine gelangweilt klingende Stimme.

Qui-Gon war beinahe überrascht, dass er an seinem Ziel angekommen war – und gleichzeitig dankbar für die Ansage. Es gab keinerlei Hinweise anhand derer er den Weg zurück zum Büro der Multycorp gefunden hätte, das er erst am Tag zuvor besucht hatte. Als er hinter ein paar anderen Arbeitern aus dem Shuttle stieg, versuchte Qui-Gon, seine Gedanken zu ordnen.

Um ihn herum eilten Vorzydianer zu ihren Stationen. Qui-Gon fragte sich, woraus diese Wesen ihre Begeisterung für die Arbeit bezogen. Sie schienen es furchtbar eilig zu haben, zur Arbeit zu kommen; sie wirkten beinahe verzweifelt.

Als Qui-Gon in den Turbolift zur vierundzwanzigsten Etage stieg, dachte er darüber nach, wie er Chairman Port bremsen konnte. Doch schon lange bevor er dessen Büro erreichte, spürte er, dass etwas nicht in Ordnung war. Plötzlich dämmerte es ihm, dass die Vorzydianer, die mit ihm aus dem Shuttle gestiegen waren, nicht nur deshalb aufgeregt waren, weil sie schnell zur Arbeit kommen wollten.

Die Turbolifttür öffnete sich auf der vierundzwanzigsten Etage. Als Qui-Gon ausstieg, wurde er von einer alarmierenden Szenerie begrüßt – und den passenden Geräuschen dazu.

Ein tiefes, insektoides Summen – um einiges eindringlicher als das, das der Jedi am Abend zuvor gehört hatte – erfüllte den ganzen Raum. Arbeiter wiegten sich wie verstörte Kinder in ihren Stühlen vor und zurück und murmelten vor sich hin.

Im Besprechungszimmer umkreiste Chairman Port den großen Tisch immer wieder. Seine Antennen vibrierten und seine Augen sahen größer als sonst aus. Als Qui-Gon eintrat, sprang Port ihn beinahe an.

„Endlich", sagte er. Seine Stimme klang höher als sonst. „Es hat wieder einen Angriff gegeben. Wir müssen Kontakt mit Vorzyd 5 aufnehmen! Sofort!"

„Beizeiten", sagte Qui-Gon ruhig. „Sagt mir erst, was passiert ist."

„Es ist furchtbar", sagte Chairman Port und ging immer schneller um den Tisch herum. „Der bislang schlimmste Vorfall. Der Zentrale Operations-Computer. Er kontrolliert das komplette Produktionsraster. Er arbeitet nicht mehr. Keiner von uns arbeitet."

Qui-Gon schien es, als würde Chairman Port gleich in Tränen ausbrechen – oder in dieses unverständliche Summgeräusch verfallen. Qui-Gon musste das Regierungsoberhaupt beruhigen. Ohne Ports Hilfe konnte er die restlichen Vorzydianer wahrscheinlich nicht davon abhalten, in Panik zu verfallen.

Qui-Gon ging auf die andere Seite des Raumes und

stellte sich Chairman Port in den Weg. Der blieb gezwungenermaßen stehen.

„Zuerst einmal sagt mir, wo der Zentrale Operations-Computer ist“, bat Qui-Gon mit fester Stimme. „Dann habe ich Arbeit für Euch.“

Chairman Port sah zu dem großen Jedi auf. Qui-Gon erkannte, wie sich in dessen Gesicht etwas veränderte, so als wäre ihm plötzlich klar geworden, dass er sich zusammenreißen musste. Er wusste nur nicht, ob Port überhaupt dazu in der Lage war. „Ja, ja, ja“, sagte er. „Wir müssen wieder an die Arbeit. An die Arbeit.“ Seine Antennen schienen sich ein wenig zu beruhigen.

„Der Operations-Computer“, wiederholte Qui-Gon.

„In der ersten Unterebene. Nehmt dem Turbolift nach S Eins.“

Qui-Gon nickte. „Kontaktiert die Techniker und kündigt an, dass ich komme. Und wenn Ihr das getan habt, müsst Ihr den Arbeitern Aufgaben zuweisen. Redet mit den Vorarbeitern. Beschäftigt alle, bis die Computer wieder laufen. Es ist vollkommen egal, was sie tun. Stellt nur sicher, dass sie etwas zu arbeiten haben und dass es ihnen gut geht. Das ist Eure *Arbeit.*“ Qui-Gon betonte das letzte Wort.

Chairman Port nickte. Er schien erleichtert zu sein, eine Aufgabe zu haben, und Qui-Gon hoffte, dass einfache Arbeiten auch die anderen Vorzydianer beruhigen würden. Aber er hatte keine Zeit, zu warten und sich davon zu überzeugen.

Verwirrte Arbeiter quetschten sich in den Turbolift. Ein paar von ihnen wiegten sich vor und zurück. Andere hielten sich die Ohren zu. Anstatt sich zur konsternierten Menge zu gesellen, ging Qui-Gon zur Treppe und eilte zu Fuß hinunter.

Als er im dreiundzwanzigsten Stockwerk ankam, verstand Qui-Gon, weshalb so viele Vorzydianer sich die Ohren zuhielten. Die Computer auf dem dreiundzwanzigsten Stockwerk schalteten sich dauernd an und ab und gaben dabei ein unangenehm schrilles Heulen von sich. Er konnte sich vorstellen, dass dieses Geräusch für die Vorzydianer und ihre empfindlichen Ohren um einiges schlimmer war als für ihn. Er empfand das Geräusch lediglich als irritierend und chaotisch. Doch er lauschte lange genug, um feststellen zu können, dass das Geräusch einem bestimmten Muster folgte.

Das Chaos wurde größer, je weiter Qui-Gon die Treppen hinabging. Auf Montage Acht schalteten sich die Maschinen ebenfalls an und ab und gaben schrille Geräusche von sich. Die Arbeiter waren völlig verzweifelt. Sie standen zuckend an den Wänden, während ein matschiges Nahrungsprodukt auf ein Förderband und von dort auf den Boden quoll.

Auf Verpackung Vier war es nicht besser. Riesige Bottiche, die eigentlich unter Füllrohre gehörten, waren stehen geblieben. Getreide rieselte aus den Rohren und bildete überall auf dem Stockwerk kleine Haufen und eine rutschige Gefahrenquelle für die ratlosen Vorzydianer. Ein paar gestürzte Arbeiter ruderten auf dem Boden mit den Armen, während andere nur zusahen. Sie waren offensichtlich außerstande, ihnen zu helfen.

Qui-Gon schüttelte den Kopf. Die Hilflosigkeit der Vorzydianer angesichts unvorhergesehener Ereignisse war extrem. Er konnte sich nicht erinnern, wann er zum letzten Mal mit so unflexiblen Denkstrukturen konfrontiert war. Im Leben eines Jedi liefen die Dinge selten nach Plan. Flexibles Denken war für einen Jedi essenziell.

Schließlich erreichte Qui-Gon die erste unterirdische Ebene. Hier gab es nur wenige Vorzydianer, sodass er die verschiedenen Töne der Maschine besser voneinander unterscheiden konnte. Als Qui-Gon einen Augenblick stehen blieb und lauschte, musste er beinahe laut lachen. Doch er hielt inne, als er einen Schrei hörte. Die Vorzydianer konnten über die Situation nicht lachen.

Qui-Gon lief den Durabeton-Korridor entlang und fand eine vorzydianische Frau, die in einem Raum voller Schaltelemente stand. Ein paar davon hatten offensichtlich einen Kurzschluss und die arme Kreatur starrte sie voller Entsetzen an, wobei sich ihre Arme zuckend auf und ab bewegten. Sie wusste wohl nicht, was sie tun sollte.

Qui-Gon hätte die Frau gern beruhigt, doch er wusste, dass es wichtiger war, schnell zum Zentralen Operations-Computer zu kommen. Er drehte um und lief den Korridor zurück.

Der Techniker an dem riesigen Terminal drückte wie wild auf Knöpfe, doch die Displays gaben nichts weiter als ein Blinken von sich. Er zuckte zusammen, als er Qui-Gon sah, obwohl klar war, dass er ihn erwartet hatte.

„Nichts ist kaputt“, jammerte er. „Es gibt keinen elektrischen oder mechanischen Schaden. Das ist einfach nicht logisch.“

„Das ist kein mechanischer Schaden“, stimmte Qui-Gon zu. „Aber es steckt eine Logik dahinter. Euer Computer spielt Musik. Er dirigiert die Maschinen in diesem Gebäude, ein bestimmtes Lied zu spielen.“

„Ein was?“, fragte der Techniker und hörte auf, die Knöpfe zu drücken. Er starrte Qui-Gon an.

„Irgendjemand hat mit Eurem System herumgespielt“, erklärte Qui-Gon. „Euer Computer macht Musik.“

Der Techniker sah ihn voller Abscheu an. „Das passt zu Vorzyd 5“, schnaubte der Techniker. „Sie spielen Spiele. Das ist alles, was sie tun. Spielen verhindert Produktivität.“

Qui-Gon schwieg, als er dem Techniker dabei half, das fehlerhafte Kommando zu finden und zu ändern. Als sie wussten, wonach sie suchten, dauerte es nicht lange.

Und sobald der Fehler behoben war, hörten auch die Geräusche im Gebäude schlagartig auf.

Es war beinahe vollkommen still auf der Unterebene, als Qui-Gon einen vertrauten Schrei hörte. Er ließ den Techniker stehen und lief den Korridor entlang. Die vorzydianische Frau, die er vorhin gesehen hatte, schrie jetzt wieder, doch ihre Arme und Fühler bewegten sich nicht mehr. Sie schien vor lauter Angst gelähmt zu sein.

Qui-Gon hatte angenommen, dass auch die Schaltelemente, vor denen sie stand, in das Computersystem eingebunden waren. Er hatte angenommen, dass sie wieder in Gang kommen würden, nachdem das Computerproblem einmal gelöst war.

Doch er hatte sich getäuscht.

Als er genauer hinsah, stellte Qui-Gon fest, dass er vor den Schaltkontrollen für das Arbeitsareal der gesamten Stadt stand. Das war das Produktionsraster, von dem Chairman Port gesprochen hatte. Der Kontrollbereich, der das Gebäude darstellte, war in Ordnung. Aber es hatte wohl eine Kettenreaktion gegeben und in der ganzen Stadt versagten Schaltbereiche ihren Dienst, einer nach dem Anderen. Die Frau neben ihm zeigte auf den nächsten Bereich, der sich abschalten würde.

„Das ist das Kinderkrankenhaus“, wimmerte sie. „Dort darf auf keinen Fall die Energieversorgung ausfallen.“

Seinem Instinkt folgend, rannte Qui-Gon zurück zum

Zentralen Operations-Computer. Wenn er das Netzwerk abschalten und das System von Hand bedienen könnte, würde er diese Kettenreaktion vielleicht aufhalten können. Wenn nicht, würde dieser Sabotageakt mehr als nur Chaos bringen.

Er würde Tod bringen.

Kapitel 10

Obi-Wan trabte ein paar Schritte hinter Grath und den anderen Kindern her. Er hatte zugegeben, dass eines der Mädchen, Pel, ihn in der Nacht zuvor im ‚Bademantel' gesehen hatte. Glücklicherweise schien es in keinster Weise misstrauisch sein.

Das andere Mädchen, Nania, hatte eine ihm bekannt vorkommende Stimme. Sie musste den Shuttle gelenkt haben, an den Obi-Wan sich geklammert hatte. Aber bislang hatte ihn noch niemand enttarnt.

Obi-Wan wartete darauf, dass ihn eines der Kinder fragte, wer er sei, und weshalb er ihnen folgte. Aber das geschah nicht. Es schien sie nicht zu interessieren, nachdem Grath Obi-Wan von Anfang an akzeptiert hatte. Vielleicht waren die Freilinge aber auch eine so große Gruppe, dass sie sich nicht alle kannten.

Das war unerheblich, solange die Schüler Obi-Wan mitkommen ließen. Je mehr Zeit er mit ihnen verbrachte, desto einfacher würde es sein, ihr Vertrauen zu gewinnen – und sie letztlich davon zu überzeugen, das Richtige zu tun.

Obwohl er liebend gern gewusst hätte, wohin sie gingen, wollte Obi-Wan seine Tarnung nicht gefährden, indem er irgendwelche Fragen stellte. Es war besser zuzuhören. Unglücklicherweise wurde jetzt nicht mehr viel gesprochen.

Ungefähr einen Kilometer von der Schule entfernt ging die kleine Gruppe aus Freilingen zu einer großen Müllverwertungsanlage. In einer der Hallen begannen Flip und Nania, Trümmerstücke von einem großen Haufen zur Seite zu werfen. Obi-Wan war sich nicht sicher, was er tun sollte.

Er fragte sich, ob der nächste Streich wohl etwas mit Müll zu tun haben würde und nahm ebenfalls ein Stück weg. Dann räumte Nania ein großes Wrackteil von dem Haufen zur Seite und Obi-Wan sah darunter etwas, das ihm bekannt vorkam. Es war der Anhänger des Shuttles, an den er sich gestern geklammert hatte. Die Freilinge hatten ihn offensichtlich hier abgestellt.

„Steigt ein“, sagte Flip und zeigte auf eine Schiebetür. Die Kinder betraten das Fahrzeug. Nania setzte sich auf den Pilotensitz und die Repulsorlift-Generatoren erwachten brüllend zum Leben. Trümmer und Staub rutschen von der Windschutzscheibe ab.

„Festhalten“, sagte Nania über die Schulter. Mit einem Satz und einem Vibrieren kam das kleine Fahrzeug aus dem Müllhaufen frei und zischte aus der Halle.

Flip, der sich offensichtlich nicht gut genug festgehalten hatte, landete in Graths Schoß.

„Was sie wohl jetzt gerade in den Büros der Multycorp machen?“, fragte er den älteren Jungen grinsend.

Grath schob Flip mit einem Lachen zur Seite. „Ich weiß es nicht“, sagte er verschmitzt. „Tanzen?“

Obi-Wan verstand den Witz nicht, lachte aber zusammen mit den anderen Kindern. Als das Lachen abklang, sprach Grath weiter.

„Aber morgen werden sie wohl kaum tanzen. Morgen werden sie gehen.“

Grath klang ernst und die Stimmung im Shuttle änderte sich. Die Gruppe schien jetzt für den nächsten Plan bereit zu sein. Obi-Wan wusste nur noch immer nicht, was sie planten.

Im hinteren Bereich des Shuttles gab es nicht viel Licht und Obi-Wan musste sich gut festhalten, um bei Nanias Fahrstil nicht hin und her geworfen zu werden. Als er sich auf die nächste Kurve vorbereitete, fiel ihm plötzlich etwas auf, was ihm bisher entgangen war. Der Shuttle war mit kleinen, selbst gemachten Sprengsätzen beladen.

Mit einer letzten, halsbrecherischen Wendung brachte Nania den Shuttle in einer Transportbucht zum Stehen. Grath, Flip, Pel und Nania griffen sich die kleinen Sprengladungen und liefen aus dem Wartungsfahrzeug. Trotz einer Vorahnung nahm Obi-Wan ebenfalls ein paar Sprengsätze und folgte ihnen.

„Pel, Nania, ihr beide übernehmt den Ostflügel", wies Grath an. „Wir machen den Rest."

Obi-Wan sah voller Beklemmung zu, wie Grath mit den Sprengsätzen unter einen der Shuttles kroch. Er musste herausfinden, was sie vorhatten – und zwar sofort. Es schien so, als wollten Grath und Flip die Sprengsätze unter den Passagierkabinen befestigen. Hatten sie etwa vor, die Fahrzeuge zu sprengen, während Passagiere darin saßen?

„Ich habe vergessen, wann wir die Dinger zünden wollen", sagte Obi-Wan so ungezwungen wie möglich, als er neben Grath unter den Shuttle kroch und an einem der Sprengsätze zu hantieren begann.

Grath sah Obi-Wan seltsam an. „Keine Sorge. Niemandem wird etwas zustoßen. Das ist eine unserer Regeln, weißt du es nicht mehr? Wir verstecken die Sprengsätze, damit sie während der Abendfahrten niemand sieht. Heute Nacht, wenn die Shuttles wieder im Hangar stehen, zünden wir sie ferngesteuert. Morgen, wenn dann alle bereit sind, zur Arbeit zu gehen … na ja. Sie werden auf jeden Fall nicht die normalen Transportmittel zur Verfügung haben." Ein Lächeln machte sich auf Graths Gesicht breit, aber Obi-Wan machte sich zu große Sorgen darüber, was alles schiefgehen konnte, um das Lächeln erwidern zu können. Dieser Plan war gefährlich – um einiges gefährlicher als das Vertauschen von ein paar Daten auf einem Display oder einen Computer mit falschen Daten zu füttern.

Grath bemerkte, dass Obi-Wan nicht lächelte. „Keine Sorge", sagte er noch einmal etwas ruhiger. „Wir werden wirklich niemanden umbringen. Wir wollen sie nur wachrütteln."

Obi-Wan rang sich ein Lächeln ab und nickte. „Also an die Arbeit?", fragte er.

„Morgen nicht!", gab Grath lachend zurück.

Kapitel 11

Qui-Gon holte tief Luft und betätigte einen Schalter. Der Bildschirm vor ihm wurde zuerst dunkel und leuchtete dann wieder auf. Das Geschrei im Korridor hörte endlich auf. Die Schaltbereiche waren nicht mehr kurzgeschlossen und für das Kinderkrankenhaus bestand keine Gefahr mehr. Aber es war knapp gewesen – nur allzu knapp.

Qui-Gon seufzte. Er wusste, dass er nun Chairman Port über das bevorstehende nächste Desaster informieren musste – eine Aufgabe, die er nicht gerade schätzte. Vielleicht war es ein Fehler gewesen, Obi-Wan drei Tage zu gewähren. Nach diesem letzten Streich der Freilinge würde es noch schwieriger werden, den nervösen Vorzydianer aufzuhalten.

Vielleicht sogar unmöglich, dachte er, als er zurück in den vierundzwanzigsten Stock ging. Er war nicht auf das vorbereitet, was er sah, als er in das Besprechungszimmer kam.

Chairman Port stand vor einem großen Hologramm einer streng aussehenden Vorzydianerin mit einem Turban auf dem Kopf. Es war Felana, die Regentin von Vorzyd 5.

„Was soll das bedeuten?“, fragte Felana. „Ihr wagt es, Vorzyd 5 der Sabotage zu beschuldigen, nachdem Ihr uns bereits beleidigt habt, indem Ihr alle unsere Botschafter Eures Planeten verwiesen habt? Ich verstehe Euch nicht, Chairman Port.“

„Hier ist der J... J... Jedi“, stammelte Port. Er winkte Qui-Gon neben sich vor den Holoprojektor. „Er kennt die Wahrheit und wird sie Euch mitteilen.“

Felana sah jetzt noch wütender aus. „Ihr habt Beistand von außen gerufen? Glaubt Ihr denn, dass das Eure grundlosen Anschuldigungen unterstützen wird?“

Einen Moment lang wusste Qui-Gon nicht, was er tun sollte. Dies war sicher nicht die Art und Weise, wie eine Schlichtung ablaufen sollte. Chairman Port hatte ihn in eine unangenehme Lage gebracht. Jetzt war es ihm unmöglich, sich als neutralen Beobachter vorzustellen. Ihm wurde klar, dass er nichts weiter tun konnte als den Schaden auf ein Minimum zu begrenzen.

„Sagt es ihr!“, kreischte Chairman Port den Jedi an. „Sagt ihr, was sie unserem Planeten angetan hat!“

„Es reicht!“, tobte Felana. „Wir haben uns lange genug von Euch an der Leine führen lassen, Chairman Port.

Und jetzt beschuldigt Ihr uns auch noch zu unrecht. Wir werden diese Anschuldigungen allerdings nicht tolerieren!"

Qui-Gon legte Port eine Hand auf die Schulter. Unter Zuhilfenahme der Macht beruhigte er den erregten Vorzydianer so weit, dass er nichts sagte, was er bereuen würde. Dann wandte er sich Felanas Bild zu.

„Bitte nehmt Chairman Ports Entschuldigung an", sagte Qui-Gon und verneigte sich. „Vorzyd 4 wurde jüngst von terroristischen Aktivitäten heimgesucht und er wollte Euch lediglich auf diesen Umstand hinweisen, damit Ihr auf Eurem Planeten nach ähnlichen Vorkommnissen Ausschau halten könnt."

Qui-Gon sah an Felanas Gesichtsausdruck, dass sie ihm nicht glaubte. Doch sie widersprach ihm auch nicht.

„Bitte teilt Chairman Port mit, dass ich seine Besorgnis zu schätzen weiß, und versichert ihm, dass Vorzyd 5 für einen Kampf gerüstet ist", sagte Felana kühl. „Vorzyd 5 lässt sich nicht erniedrigen. Wir sind in diesem System nicht mehr länger der schwächere Planet. Wir brauchen nur eine Gelegenheit, um unsere Stärke zu demonstrieren."

Qui-Gon dankte Felana und beendete die Übertragung. Er nahm ihre letzte Bemerkung als das zur Kenntnis, was sie war: eine Drohung.

Wenn Vorzyd 4 den fünften Planeten weiterhin illegaler Aktivitäten beschuldigte, würden die Konsequenzen höchstwahrscheinlich grauenhaft sein.

Krieg.

Qui-Gon ging im langen Korridor des Altenheims auf und ab, während er auf seinen Padawan wartete. Zwar hätte er ihn einfach per Comlink kontaktieren können, doch er wollte keinesfalls die Tarnung des jungen Jedi gefährden und ihn damit in Gefahr bringen. Außerdem wollte er die Zeit nutzen und nachdenken, was er Obi-Wan sagen wollte, wenn der auftauchte.

Qui-Gon erreichte das Ende des Korridors und drehte auf dem Absatz um. Wenn er Obi-Wan die versprochenen drei Tage nicht gewährte, würde der Junge den Eindruck bekommen, dass er ihm nicht vertraute. Doch die Dinge entglitten ihm langsam. Wenn Qui-Gon schweigen würde …

Qui-Gons Überlegungen wurden plötzlich von einer zögerlichen Frauenstimme unterbrochen. „Entschuldigt bitte“, sagte sie.

Qui-Gon hatte den Korridor mit seinen langen Schritten mindestens ein Dutzend Mal durchquert, ohne die offene Tür zu bemerken. Jetzt blieb er davor stehen und sah zu der alten Vorzydianerin hinein, die ihn in das Zimmer bat.

„Es tut mir Leid“, sagte sie und sah nervös Qui-Gons

hoch gewachsene Gestalt an. „Ihr seid doch kein Arbeiter, oder? Ich dachte, Ihr wäret vielleicht ein Arbeiter, der zu Besuch kommt. Die Arbeiter scheinen anzunehmen, dass das Leben endet, wenn man nicht mehr arbeitet. Aber ich habe draußen jemanden gehört und ich dachte …"

„Ich würde Euch gern besuchen", sagte Qui-Gon sanft. Obwohl er mit seinen Gedanken ganz woanders war, fühlte er mit dieser Frau.

„Oh, das würdet Ihr? Ich bekomme nicht viel Besuch. Und bitte versteht mich nicht falsch – ich mache ihnen keine Vorwürfe. So sind die Vorzydianer nun einmal."

Qui-Gon folgte der Frau in ihr kleines Zimmer und setzte sich ihr gegenüber auf einen Stuhl. Sie fragte ihn nicht, wer er sei, sondern redete einfach weiter. Offensichtlich genoss sie es, dass ihr jemand zuhörte.

„Wisst Ihr, wir leben für die Arbeit. Niemand ist sich darüber im Klaren, dass es auch ein Leben nach der Arbeit gibt. Niemand weiß das. Ich wünschte, ich könnte einfach sterben so wie die anderen. Aber da ist ja noch Tray. Tray kommt noch zu mir. Sie sagt, dass sich alles verändern wird. Ich möchte ihr so gern glauben, aber es sind doch noch Kinder …"

Die Frau hielt inne und legte den Kopf zur Seite. Draußen im Korridor hörte Qui-Gon Schritte von Stiefeln. Obi-Wan.

Qui-Gon entschuldigte sich und ging in den Korridor hinaus. Seine kurze Unterhaltung mit der Ruheständlerin hatte bei ihm neue Fragen aufgeworfen. Es gab noch eine Menge Dinge, die er die Frau fragen wollte, doch das musste wohl warten. Im Moment musste er mit seinem Padawan sprechen.

Kapitel 12

„Die Shuttles sollen heute Nacht hochgehen, wenn alle schlafen. Grath hat mir versichert, dass niemand in der Shuttle-Bucht sein wird.“ Obi-Wan versuchte, zuversichtlich zu klingen, als er seinem Meister von der Sabotageaktion der Freilinge erzählte. Er wollte die Unruhe verbergen, die ihn aufwühlte. Er hatte schon jetzt das Gefühl, dass die verdeckten Ermittlungen zu lange dauerten. Er wünschte, er wäre in der Lage gewesen, die Kinder davon abzuhalten, die Sprengsätze zu befestigen, hatte aber keine Möglichkeit gefunden. Es war noch zu früh gewesen, seine Identität aufzudecken.

Qui-Gon schwieg.

„Sie wollen niemandem wehtun“, fügte Obi-Wan hinzu.

„Dennoch werden sie jemanden verletzen“, sagte Qui-Gon schließlich. „Heute wurden schon beinahe Einwohner verletzt.“

Obi-Wan wusste, dass sein Meister Recht hatte. Die Freilinge gingen tatsächlich zu weit und es stand mehr auf dem Spiel, als ihnen klar war. Sie wollten nichts weiter, als ihren Eltern zeigen, dass sie am Leben waren, dass sie mehr von ihnen erwarteten als nur eine Arbeitsausbildung. Aber das alles geriet in falsche Bahnen.

Jetzt fragte sich Obi-Wan, ob der Plan, sie aufzuhalten, auch falsch war. Als er Qui-Gon in die Augen sah, schien es ihm, als ob sein Meister ebenfalls an ihm zweifelte.

„Ich fürchte, die Sabotageakte haben eine neue Dimension erreicht. Die Kinder wissen nicht mehr, was sie tun. Heute hat Chairman Port die Regentin von Vorzyd 5 kontaktiert. Sie war außer sich über seine Anschuldigungen und kündigte Maßnahmen für den Fall an, dass das nicht aufhört. Außerdem gab es einen Übergriff auf den Zentralen Operations-Computer. Wäre ich nicht da gewesen, um zu helfen, hätte das zu einem Ausfall der Energieversorgung für die ganze Stadt führen können. Und zu vielen Toten."

Qui-Gon sprach ruhig, dennoch fühlte Obi-Wan sich zurechtgewiesen. Und obwohl er die Zweifel seines Meisters teilte, wollte er sie beseitigen.

„Ich habe noch zwei Tage", sagte Obi-Wan mit neuer Entschlossenheit. „Ich kann es schaffen." Warum konnte Qui-Gon ihm nicht vertrauen? Obi-Wan wollte seinen

Plan plötzlich unbedingt zu Ende bringen. Es erschien ihm wichtiger als alles andere.

„Es ist keineswegs so, dass ich dir nicht vertraue", sagte Qui-Gon und sah seinem Padawan tief in die Augen.

Es verblüffte Obi-Wan immer wieder erneut, wie gut Qui-Gon seine Gedanken erraten konnte.

„Aber die Situation ist kompliziert und eine einzelne Person kann sie unmöglich kontrollieren", schloss Qui-Gon. „Wir müssen vorsichtig fortfahren."

Obi-Wan nickte. Er war darauf vorbereitet, seinen Plan weiter zu verteidigen, doch Qui-Gon hatte ihn nicht wie erwartet in seine Grenzen gewiesen. Er hatte ihm die Freiheit gelassen weiterzumachen.

Warum? fragte sich Obi-Wan später, als er auf seiner Schlafcouch lag. Warum ließ Qui-Gon ihn weitermachen, wenn er doch offensichtlich kein Vertrauen in seinen Plan hatte? Einen Moment lang hatte Obi-Wan den Verdacht, sein Meister würde ihm lediglich die Gelegenheit geben, zu versagen – damit er ihm später eine Lektion erteilen konnte. Doch das war undenkbar. Ein Jedi würde niemals das Leben anderer Wesen riskieren, nur um etwas zu beweisen. Qui-Gon hatte Obi-Wan nicht die Chance gegeben zu versagen, sondern eine, um erfolgreich zu sein.

Obi-Wan lag in der Dunkelheit und war hin- und hergerissen. Er war ganz und gar nicht überzeugt, das Richtige zu tun. Und doch hatte er keine andere Wahl, als weiterzumachen.

Mein Plan wird funktionieren, sagte sich Obi-Wan. Er musste einfach funktionieren.

Das Türschloss klickte und summte. Obi-Wan war auf den Beinen, bevor er sich überhaupt darüber im Klaren war, dass er wach war. Die Tür öffnete sich und ein extrem nervöser Chairman Port kam herein.

„Die Shuttles", keuchte Port. „Vorzyd 5 sprengt die Shuttles in die Luft. Die Arbeiter der Frühschicht ..." Die Antennen des Vorzydianers zuckten hektisch und er stützte sich am Türrahmen ab. Er schien unter Schock zu stehen. „Verwundete", sagte er. „Ein paar werden es vielleicht nicht überleben."

„Die Shuttles explodieren mit Leuten an Bord?", fragte Obi-Wan ungläubig. „Wann? Wo?"

„Überall", flüsterte Port. „In diesem Augenblick."

„Nehmt Kontakt mit der Shuttle-Bucht auf", drängte Qui-Gon. „Sagt ihnen, sie sollen sie evakuieren und alle Shuttles aufhalten."

Chairman Port nahm sich zusammen, damit er zur Kommunikationsstation in der Nähe des Haupteingangs gehen konnte.

Ohne ein weiteres Wort rannten Qui-Gon und Obi-

Wan zum Ausgang. Obi-Wan hörte die Schritte seines Meisters hinter sich. Sie mussten so viele Vorzydianer wie möglich davon abhalten, einen Shuttle zu besteigen.

Draußen fuhr gerade ein halb voller Shuttle an den Straßenrand, um vielleicht ein halbes Dutzend Arbeiter aufzunehmen, die bereits warteten.

„Halt!", rief Obi-Wan und winkte, um die Menge daran zu hindern einzusteigen. Doch die Gegenwart der seltsam gekleideten Jedi hatte genau den gegenteiligen Effekt und die Gruppe versuchte panisch, sich in den kleinen Shuttle zu zwängen.

Qui-Gon reagierte schnell und stellte sich dem Shuttle in den Weg. Obi-Wan verstand sofort und sprang unter das Fahrzeug. Er entschärfte die Sprengsätze einfach, indem er zwei Drähte abriss. Doch das war nur ein Shuttle.

Plötzlich hallte die Stimme von Chairman Port aus den Lautsprechern des Shuttle.

„Die Shuttles sofort evakuieren. Aussteigen und von den Shuttles zurücktreten. Sämtliche Shuttle-Systeme werden bis auf weiteres außer Betrieb gesetzt."

Verwirrte Vorzydianer taten, was man ihnen sagte. Doch ein paar von ihnen begannen mit dem bekannten Summen und einige wiegten sich vor und zurück. Die meisten von ihnen gingen schließlich den langen Weg zur Arbeit zu Fuß.

„Wir dürfen nicht zulassen, dass dies Vorzyd 5 in die

Schuhe geschoben wird", sagte Qui-Gon ruhig hinter Obi-Wan.

Der junge Jedi nickte. Wie Qui-Gon es vorausgesehen hatte, war der Plan der Freilinge auf furchtbare Weise schiefgegangen – und mit ihm der von Obi-Wan.

„Ich werde herauszufinden versuchen, wie groß der Schaden ist und Chairman Port dazu veranlassen, jeden Shuttle in der Stadt zu untersuchen", fuhr Qui-Gon fort. „Du solltest Kontakt mit den Freilingen aufnehmen. Du musst sie davon überzeugen, an die Öffentlichkeit zu treten, bevor ich gezwungen bin, es für sie zu tun. Wir haben nicht mehr viel Zeit."

Obi-Wan nickte noch einmal. Er hatte nicht erwartet, dass Qui-Gon ihn mit seiner verdeckten Ermittlung weitermachen ließ – nicht nach diesen Ereignissen. Er wusste, dass sein Meister jedes Recht hatte, sofort zu Chairman Port zu gehen und ihm alles zu erzählen. Doch auch dafür gab es noch keinen Grund, wie Obi-Wan jetzt klar wurde. Es wäre für alle Vorzydianer besser, wenn die Freilinge ohne Zwang an die Öffentlichkeit traten. Die Kinder und Erwachsenen in Feindschaft an einen Tisch zu zwingen, könnte die Situation sogar noch verschlimmern. Qui-Gon hatte das offensichtlich in Betracht gezogen.

Obi-Wan seufzte. Was auch immer der Grund dafür sein mochte, Qui-Gon gab ihm noch eine letzte Chance, die Angelegenheit auf seine Art zu regeln. Und dafür war er ihm überaus dankbar.

Doch als er seinem Meister hinterhersah, überkam Obi-Wan plötzlich ein eigenartiges Gefühl. Er hatte das Gefühl, als würde irgendjemand jeden seiner Schritte beobachten.

Obi-Wan drehte sich schnell um und schaute nach oben. Hoch über ihm in einem Fenster des Baus der Ruheständler glaubte er ein Gesicht zu sehen, das zu ihm hinunter starrte. Dann verschwand es.

Kapitel 13

Obi-Wan blickte noch einmal zum Fenster hinauf, um vielleicht doch noch erkennen zu können, wer dahinter stand. Leider vergeblich. Er dachte wieder an die Unterhaltung, die er gerade mit Qui-Gon geführt hatte und ging zum Wohnbau, in dem auch die Ports lebten.

Es dauerte nicht lange, bis Grath auftauchte. Als der Junge etwas näher gekommen war, rief Obi-Wan seinen Namen und lief zu ihm. Noch bevor er Graths Gesicht sah, wusste Obi-Wan, dass er aufgewühlt war.

„Ich weiß nicht, warum alles schiefgehen konnte", sagte Grath verunsichert. Er sah erschöpft aus und seine Augen waren rot. Von dem charismatischen, verspielten Jungen, den Obi-Wan noch am Tag zuvor kennen gelernt hatte, war nichts mehr zu spüren.

„Es muss einen Fehler in der Fernzündung gegeben haben. Die Explosionen gingen während ..." Grath verstummte.

„Ich weiß“, sagte Obi-Wan und legte Grath die Hand auf die Schulter.

Der vorzydianische Junge schluckte. „Ich habe ein Krisentreffen einberufen. Ich hoffe nur, dass niemand merkt, wie viele von uns bei der Arbeitsausbildung oder der Arbeit fehlen.“

Obi-Wan versuchte, optimistischer zu erscheinen, als es seinen Gefühlen entsprach. Es wäre sinnlos gewesen, Grath noch mehr zu verwirren als er es ohnehin schon war. „Lass uns gehen“, sagte er.

Das Treffen wurde in der Müllverwertungshalle abgehalten. Grath schaffte es, sich zusammenzureißen. Er sah wieder wie ein Anführer aus, als er die Versammelten zur Ruhe aufforderte.

„Wir haben ein Problem“, begann er. „Die Sprengladungen sind gestern Nacht nicht wie geplant hochgegangen. Stattdessen sind sie heute Morgen während des Frühverkehrs explodiert.“

Unter den Schülern war ein besorgtes Murmeln zu hören. Eine besonders aufgeregte Stimme erhob sich über den Rest. Es war Flip.

„Und die Stadt versinkt im Chaos!“, rief er. „Wir wussten, dass wir einen größeren Knall erzielen würden, wenn wir nur etwas besser nachdenken und warten würden, bis die Leute endlich aufmerksam wären. Jetzt werden unsere Eltern wirklich aufwachen!“

Eisiges Schweigen kam über die Gruppe und alle starrten Flip an.

„Du warst das?“, fragte Grath den Jungen. „Du hast dich an der Fernsteuerung zu schaffen gemacht?“

Flip nickte stolz. „Ja!“ Er sah erwartungsvoll zu Grath hinauf. Obi-Wan schien es, als würde der Junge darauf warten, von Grath mit Lob überschüttet zu werden. Der Jedi hingegen war überzeugt, dass es kein Lob geben würde.

Graths Mund stand einen Moment lang offen. Dann schloss er ihn. Seine Antennen hingen herunter und sein Mund verzog sich zu einer wütenden Grimasse. Aber seine Augen verrieten noch ein anderes Gefühl: Schuld.

Obi-Wan war nicht sicher, welches der beiden Gefühle die Oberhand in Grath gewinnen würde. Dann begannen alle Freilinge gleichzeitig zu reden.

„Was sollen wir jetzt tun?“

„Ich hoffe, meinen Eltern geht es gut.“

„Es war an der Zeit, dass irgendjemand etwas Richtiges unternimmt.“

Obi-Wan drehte sich um, um zu sehen, wer diese letzte Bemerkung gemacht hatte. Doch der Raum war voller Kinder und er konnte es unmöglich feststellen.

Grath räusperte sich und brachte alle zur Ruhe – zumindest für den Augenblick.

„An diesem Morgen wurden sehr viele Vorzydianer

verletzt", sagte er niedergeschlagen. „Ein paar davon werden vielleicht nicht überleben. Unsere Mission besteht darin, die Leute wachzurütteln und ihnen zu zeigen, was vor sich geht. Sie besteht nicht darin, sie zu töten." Grath sah Flip direkt an. „Du hättest den Plan nicht ändern sollen", sagte er geradeheraus. „Es war ein Fehler."

Einen Moment lang herrschte Stille. Alle sahen Flip an. Der Junge blickte zuerst verwirrt, dann wütend drein. Er schaute mit stechendem Blick zu Grath hinauf. „Es war notwendig", sagte er. „Und es war richtig. Jetzt werden sie uns *endlich* zuhören."

Die Gruppe brach in Geschrei aus. Obi-Wan erkannte, dass sich eine Teilung abzeichnete. Ein paar der Kinder glaubten, dass Grath Recht hatte. Ihrer Meinung nach war friedliches Handeln die einzige Möglichkeit. Andere jedoch hatten von der friedfertigen Taktik genug. Sie fanden, dass Gewalt ein notwendiges Übel bei einer Revolution war.

„Die Erwachsenen werden niemals auf uns hören, wenn wir weiter friedlich vorgehen", rief Flip. „Bisher haben wir nur nicht gearbeitet. Unsere Sabotageakte brauchen etwas mehr Taktik."

„Wir wollen doch keinen Krieg anfangen!", rief jemand zurück. „Es geht hier um unsere Eltern."

„Es geht um Erwachsene, die uns ignorieren!", rief noch jemand.

Bald schrien alle so laut, dass Obi-Wan nicht mehr viel von dem verstand, was gesprochen wurde. Er konnte nur spüren, dass alle fest von ihrer Position überzeugt waren und dass die Gruppe geteilt war. Dann erhob sich wieder eine Stimme aus dem Lärm. Es war die von Flip.

„Nur Feiglinge haben Angst aufzustehen und für das zu kämpfen, was sie wollen!“, rief er.

Das brachte die Freilinge wieder auf. Die Kameradschaft, die Obi-Wan bei der Gruppe so bewundert hatte, war vollkommen verschwunden. Kinder, die friedlich zusammengearbeitet hatten, schrien einander an. Antennen schlugen aggressiv umher. Im Raum verbreitete sich ein einziges Chaos.

Schließlich sprang Nania auf einen Haufen aus Müll. „Hört auf!“, rief sie. Die Gruppe kam sofort zur Ruhe und alle sahen sie an. Einigen Kindern schien die Unterbrechung zu missfallen, doch niemand sagte etwas.

„Diese Streiterei ist sinnlos“, sagte Nania. „Wir müssen zusammenarbeiten oder wir werden gar nichts erreichen. Wir sollten uns bei unseren Arbeitsausbildungsstellen melden, bevor man uns vermisst. Dann können wir uns heute Abend wie geplant wieder treffen.“

Ein paar der Freilinge maulten laut, doch die Gruppe ging langsam aus der Halle. Es gab eine kleine Diskussion und Obi-Wan spürte die Spannung in der Luft.

Und er spürte einen Knoten in der Magengegend. Die

Teilung der Gruppe war kein gutes Zeichen. Wenn die Freilinge ernst genommen werden wollten, mussten sie friedlich als geschlossene Gruppe an die Öffentlichkeit treten und mit den Erwachsenen reden. Im Augenblick schien es allerdings so, als würde diese Chance mit jeder Minute geringer.

Obi-Wan beschloss, mit Grath zu reden und herauszufinden, was er dachte. Er ging um einen Haufen Kunststoffteile herum, wo er ihn zuletzt gesehen hatte. Doch anstatt Grath sah er Flip und ein dunkelhaariges Mädchen, das er nicht kannte. Die beiden führten offensichtlich ein ernsthaftes Gespräch. Obi-Wan versuchte unbeteiligt zu erscheinen, als er näher trat.

„Es reicht noch nicht", sagte das Mädchen. „Grath ist auf deren Seite."

Er sah, wie Flip langsam nickte. Das Mädchen trat etwas näher an ihn heran und flüsterte jetzt beinahe.

„Uns bleibt keine andere Chance, als es selbst in die Hand zu nehmen", sagte es. „Und zwar bald."

Obi-Wan ging noch näher an die Freilinge heran. Er wollte jedes Wort hören. Doch die Bewegung erregte ihre Aufmerksamkeit und sie gingen sofort auseinander. Es war offensichtlich, dass sie nicht belauscht werden wollten. Doch er hatte keine Ahnung, ob sie wussten, dass er zugehört hatte.

Obi-Wans Verstand raste. Er brauchte Zeit, um einen

klaren Kopf zu bekommen. Als er aus der Müllverwertungshalle ging, sah er Gruppen von Kindern, die auf dem Weg zum Arbeitsausbildungs-Gebiet waren. Er wusste instinktiv, dass die Arbeitsausbildung kein guter Ort für ihn war, um die Dinge zu überdenken. Und so ging er in die andere Richtung zu den Wohnbauten.

Auf dem Weg dorthin stellte er fest, dass die erwachsenen Arbeiter noch immer zu Fuß zur Arbeit gingen. Manche liefen paarweise und unterhielten sich. Andere schlenderten und sahen in den Himmel. Niemand schien mehr besonders eilig zur Arbeit kommen zu wollen. Und es gab kein hörbares Summen. Es war beinahe so, als würden sie die Dinge anders sehen, jetzt, da sie nicht bei der Arbeit waren.

Vielleicht sind die Erwachsenen nun für Veränderungen bereit, dachte Obi-Wan. Eine winzige Hoffnung keimte in ihm auf. Wenn er und Qui-Gon nur die Kinder und Erwachsenen zusammenbringen konnten, hätte Vorzyd 4 vielleicht eine Chance.

Kapitel 14

„Vorzyd 5 wird büßen", sagte Chairman Port, als er mit Qui-Gon ins Bürogebäude der Multycorp ging. „Wir werden sie sofort kontaktieren."

Qui-Gon atmete langsam aus. Obwohl er diese Reaktion von Port erwartet hatte, hatte er noch keinen Plan, wie er ihn davon abhalten konnte, diesen Kontakt aufzunehmen.

Einmal mehr überlegte er, ob es so klug gewesen war, dass Obi-Wan sich bei den Freilingen eingeschlichen hatte. Er hatte seinem Padawan Entscheidungsfreiheit geben wollen. Und er hatte geglaubt, dass Vorzyd 4 die beste Möglichkeit für eine friedliche Lösung hätte, wenn die Kinder aus eigenem Antrieb an die Öffentlichkeit treten würden. Unglücklicherweise war ihm dieser Glaube im Moment keine große Hilfe.

Nun ist es an der Zeit für dich, flexibel zu denken, sagte er sich trocken.

„Ich glaube, es wäre vernünftiger, die Ergebnisse der Shuttle-Untersuchung abzuwarten", sagte Qui-Gon beschwichtigend. Chairman Port hatte eine Untersuchung aller Shuttles in der Stadt angeordnet und sie warteten auf den Bericht. „Je mehr Informationen wir haben desto besser."

„Es ist ihre Schuld!", bellte Port. „Sie müssen bestraft werden!"

„Wissen wir das?", sagte eine Stimme hinter ihnen. Qui-Gon drehte sich um und sah Felana im Türrahmen stehen, flankiert von zwei großen Vorzydianern.

Von Ports Gesicht war plötzlich jeglicher Ärger gewichen. Er schaute verwirrt und ängstlich drein. Seine großen Augen waren jetzt noch weiter aufgerissen als sonst und seine Antennen zuckten unkontrolliert. Es war offensichtlich, dass er es nicht gewohnt war, unerwartete politische Gäste zu empfangen – erst recht nicht, wenn es sich um feindliche handelte.

„Wie könnt Ihr es ..."

„Ich bin gekommen, um diese Sache ein für alle Mal klarzustellen, Chairman Port", sagte Felana und trat in den Raum. Sie war für eine Vorzydianerin bemerkenswert groß und ihr aufrechter Gang betonte das noch.

Port blinzelte überrascht. Qui-Gon spürte, dass er gern gewusst hätte, wie sie unbemerkt und unbehelligt den Weg bis in sein Büro zurückgelegt hatte. Wahrscheinlich war das aber im Chaos nach den Shuttle-Explosionen kein Problem gewesen.

Einen Moment herrschte bedrückende Stille. Dann strich Chairman Port seinen Overall zurecht und räusperte sich laut. Nun schaute er selbstgerecht und rechthaberisch drein.

„Ihr habt unsere Produktionskapazitäten sabotiert", sagte er voller Überzeugung. „Unsere Computer und Fertigungsstraßen haben Fehlfunktionen. Ihr missgönnt uns unsere Produktivität. Ihr wollt vor dem Rest des Vorzyd-Systems stärker dastehen. Das ist die einzige Erklärung."

„Erklärungen interessieren mich nicht", gab Felana zurück. „Eure grundlosen Anschuldigungen gegen meinen Planeten und gegen mein Volk dagegen sehr. Und wir missgönnen Euch Eure Produktivität nicht", fügte sie mit funkelnden Augen hinzu. „Im Gegenteil. Wir finden Eure Arbeitsgewohnheiten eher eintönig."

Wäre die Situation nicht so ernst gewesen, hätte Qui-Gon bei Felanas Bemerkung gelächelt. Die vorzydianischen Kinder fanden die Arbeitsgewohnheiten auf ihrem Heimatplaneten offensichtlich ebenso eintönig.

„Seht Ihr?", sagte Chairman Port zu Qui-Gon. „Sie sind missgünstig."

Qui-Gon schwieg. Einerseits wollte er Chairman Port alles erzählen. Doch sein Gefühl sagte ihm, dass dieses

Treffen keine sofortige oder gewaltsame Reaktion hervorrufen würde. Und er hoffte noch immer, dass die Freilinge aus eigenem Antrieb an die Öffentlichkeit treten würden. Außerdem hatte er seinem Padawan versprochen, dass er warten würde. Wenn alles glatt lief, würde es bald ein Treffen der verschiedenen tatsächlich beteiligten Parteien geben – sehr bald.

„Wir hatten nichts gegen Euch", betonte Felana noch einmal. „Bevor Ihr uns irgendwelcher Verbrechen beschuldigt habt." Sie sah Chairman Port eindringlich an. „Ich will, dass alle diese haltlosen Anschuldigungen sofort ein Ende haben, andernfalls werden wir gegen Euch in Aktion treten."

Die Antennen von Chairman Port begannen wieder zu zucken. „Was für Aktionen?", fragte er nervös.

Felana sah das Oberhaupt von Vorzyd 4 noch eindringlicher an. „Viel schlimmeren als die Sabotage, derer Ihr uns fälschlicherweise beschuldigt."

Kapitel 15

Noch am gleichen Abend traf sich Obi-Wan mit Grath. Der vorzydianische Junge sah müde aus, sein Blick aber war offen. Obi-Wan spürte, dass er eine neue Richtung eingeschlagen hatte.

„Ein paar der Erwachsenen schienen glücklich zu sein, als sie heute zu Fuß zur Arbeit gingen", sagte Obi-Wan zu ihm. „Ich glaube, sie haben die Freizeit genossen."

Grath nickte. „Es geht auch ohne Gewalt", sagte er zuversichtlich. „Die Leute brauchen nur etwas Zeit, um herauszufinden, wie es funktionieren könnte."

Obi-Wan war froh, dass Grath wieder der alte zu sein schien. Eigentlich wollte er dessen Zuversicht nicht erschüttern, indem er ihm von der Unterhaltung zwischen Flip und dem dunkelhaarigen Mädchen erzählte, die er belauscht hatte. Andererseits konnte er so eine Information auch nicht für sich behalten.

„Ich habe ein Gespräch gehört …"

Obi-Wan wurde von einem Shuttle unterbrochen, der an die Plattform heranfuhr. Am Steuer saß Nania, die Obi-Wan mit einem Lächeln begrüßte. Obi-Wan war dankbar für den weichen Sitz, in den er sich setzen konnte. Eine Fahrt in Nanias Shuttle konnte ziemlich nervenaufreibend sein, aber es war noch immer besser, als draußen an der Dachstange zu hängen.

Als sie am üblichen Treffpunkt im verlassenen Bürogebäude ankamen, sah Obi-Wan Flip sofort. Er stand neben dem dunkelhaarigen Mädchen in der Ecke und zog eine düstere Grimasse.

Grath ging zu ihnen. „Hallo Flip", sagte er freundlich.

Flip gab keine Antwort und sein Gesichtsausdruck wurde noch düsterer. Es war offensichtlich, dass er noch immer wütend wegen der Zurechtweisung war, die er früh am Morgen erhalten hatte. Das Mädchen neben ihm schwieg ebenfalls.

Als er die beiden so betrachtete, wurde Obi-Wan plötzlich klar, dass er das Mädchen schon einmal gesehen hatte, und zwar nicht bei den Freilingen. Es hatte seine Großmutter im Heim der Ruheständler am ersten Abend besucht, an dem er auf Vorzyd gewesen war. Jetzt erschien es ihm aber vollkommen anders – da war keine Spur mehr von dem warmherzigen, mitfühlenden Mädchen, dem er so gern zugehört und zugesehen hatte.

Grath blieb einen Augenblick vor Flip stehen und versuchte, den Jungen wieder aufzuheitern. Als ihm klar wurde, dass das nicht von Erfolg gekrönt sein würde, konzentrierte Grath sich wieder auf das vor ihm liegende Treffen. Er kletterte auf einen der Tische und bat alle um Aufmerksamkeit.

„Wenn wir den Arbeitern ohne Gewalt zeigen können, dass es im Leben noch mehr gibt als Produktivität, werden sie uns helfen", sagte er ruhig.

„Die Arbeiter sind schon zu abgestumpft", erwiderte das dunkelhaarige Mädchen aufgebracht. „Angst ist das Einzige, was sie davon abhalten wird, sich gegen uns zu stellen."

Grath runzelte die Stirn. „Das stimmt nicht, Tray", sagte er. „Und du weißt es."

Es dauerte nicht lange, bis die Meinungsverschiedenheiten und der Zorn des letzten Treffens die Gruppe spaltete. Alle brüllten nur noch, um sich Gehör zu verschaffen. Antennen zuckten und peitschten durch die Luft. Hände ballten sich zu Fäusten. Die beiden Gruppen begannen sich nun auch räumlich zu teilen – Grath und seine Anhänger gingen zur einen Seite des Büros und Flip mit seinen Anhängern zur anderen.

„Wir müssen an die Öffentlichkeit treten", brüllte jemand. „Die Arbeiter haben keine Ahnung, dass wir die Urheber der Streiche sind. Sie glauben nicht einmal, dass wir dazu fähig sind."

„Wir bekommen nicht einmal die verdiente Anerkennung“, rief eine andere Stimme.

„Oder die Schuld“, rief jemand auf der anderen Seite.

Die Rufe wurden lauter und lauter. Es war beinahe unmöglich, überhaupt noch etwas zu verstehen. Obi-Wan sah von einer Seite des Raumes zur anderen und wusste nicht, was er unternehmen sollte. Er hatte das deutliche Gefühl, dass er etwas tun sollte, wollte aber nicht riskieren, dass seine Tarnung aufflog.

Plötzlich leuchteten die Lampen draußen vor dem Bürogebäude auf. Stimmen drangen herein und von der Treppe erklangen hastige Schritte.

Grath sah alarmiert auf. Die Kinder verstummten.

Man hatte die Freilinge entdeckt.

Kapitel 16

Die Schritte und Stimmen kamen immer näher. Die Freilinge schauten einander ängstlich und mit zuckenden Antennen an.

Aus dem Augenwinkel sah Obi-Wan, wie Flip eine kleine Kapsel auf den Boden schleuderte. Sofort breitete sich eine dichte Wolke aus grünem Rauch im Raum aus. Erstaunlicherweise schien der Rauch die Lungen nicht anzugreifen. Niemand in der Gruppe hustete oder keuchte.

„Hier entlang", sagte Flip ruhig. Er führte die Kinder durch einen Ausgang aus dem Büro, in einen Tunnel und ein paar Treppen hinunter. Als sie eine schwere Durastahl-Tür passierten, standen sie auf dem Dach eines Nebengebäudes. Es war dunkel, doch die Sterne am Himmel leuchteten.

Unten war alles ruhig. Die Kinder waren in Sicherheit.

Kaum waren alle Freilinge auf dem Dach, da wandte

sich Flip zu Obi-Wan um. „Es gibt etwas, das ihr nicht wisst!“, rief er der Gruppe zu. „Grath hat es euch verheimlicht. Dieser Junge wurde geschickt, um uns aufzuhalten. Er ist ein Jedi – und ein Verräter!“

Ein hörbares Raunen ging durch die Reihen der Freilinge, als sie Obi-Wan ansahen. Einen Moment lang spürte Obi-Wan, dass sie nicht sicher waren, ob Flip die Wahrheit gesagt hatte – und er dachte, dass er in Sicherheit war.

„Es stimmt!“, rief da Tray. „Ich habe ihn im Gebäude der Ruheständler gesehen. Meine Großmutter lebt dort und er hat uns ausspioniert!“

Obi-Wan schloss einen Moment die Augen. Er hatte keine Ahnung gehabt, dass Grath über seine Jedi-Identität Bescheid gewusst hatte. Sagte Flip überhaupt die Wahrheit? Obi-Wan holte tief Luft und versuchte, sich zu sammeln. Er war nicht erfreut über das, was nun zweifelsohne passieren würde. Irgendjemand zog an seinem Turban und entblößte seinen antennenlosen Kopf.

„Verräter!“, rief jemand.

„Grath ist ein Lügner, kein Anführer!“, rief Flip.

„Was für ein Anführer vertraut seinen Leuten denn so wenig, dass er ihnen nicht einmal die Wahrheit sagt?“, fragte eine leisere Stimme.

Kinder, die über die Frage der Gewalt zerstritten waren, stellten sich jetzt gegen Grath und Obi-Wan. Nur einige wenige standen auf Graths Seite.

„Grath muss schwierige Entscheidungen für uns alle treffen", sagte Nania beschwichtigend. „Vielleicht gefallen uns nicht alle, doch er trifft sie für das Wohl der gesamten Gruppe. Er hat uns noch nie in die falsche Richtung geführt."

„Der Jedi soll gehen", sagte Tray. „Sofort."

Schweigend nickte die Gruppe – beinahe einstimmig. Nur Grath bewegte den Kopf nicht.

Obi-Wan sah Grath Hilfe suchend an und hoffte, dass er etwas zur Gruppe sagen würde. Doch Grath blickte nur unschlüssig drein und schwieg.

Obi-Wan fühlte sich geschlagen, wusste aber, dass er nicht einfach so weggehen konnte.

„Frieden ist der einzige Weg zum wahren Sieg", sagte er zu den Freilingen. „Wenn ihr weiter eurem Weg folgt, dann werdet ihr eine unüberwindliche Mauer zwischen euch und den Arbeiten bauen. Es wird keine Chance für ein Gespräch oder eine neue Lebensform geben."

Obi-Wan sah die Gruppe eindringlich an. Er betrachtete ein Gesicht nach dem anderen. Auf keinem erkannte er eine Veränderung. Er konnte sie nicht überzeugen.

Obi-Wan senkte den Kopf und ging zur Treppe. Bevor sich die Tür hinter ihm schloss, sah er noch die grinsenden Gesichter von Flip und Tray.

Obi-Wans Verstand raste, als er das Dach verließ. Er kam sich wie ein Narr vor. Warum hatte er nicht gemerkt, dass Grath die ganze Zeit seine Identität gekannt hatte? Erst jetzt wurde ihm klar, dass er sich viel zu leicht hatte einschleichen können. Obi-Wan schämte sich, dass er es nicht früher bemerkt hatte. Er hatte seinen Plan so unbedingt verfolgen wollen, dass er davon ausgegangen war, alles würde gutgehen. Nur war das eben nicht eingetreten.

Obi-Wan lief durch die Straßen zurück zu den Wohnbauten. In seinem Hinterkopf erinnerte ihn eine Stimme daran, dass er mit den Freilingen auch nicht ganz ehrlich gewesen war. Er hatte ihnen nicht gesagt, dass er ein Jedi ist.

Aber ich habe im Interesse des Planeten gehandelt, sagte er sich. *Ich wollte eine friedliche Lösung für alle erreichen.*

Das Ganze erinnerte ihn nur allzu deutlich an die Situation auf Melida/Daan. Als er damals den Jungen beigetreten war, war er überzeugt gewesen, das Richtige zu tun. Doch dann war er sich aber nicht sicher gewesen, ob die Jungen auf dem rechten Weg waren. Und es hatte nicht lange gedauert, bis er herausgefunden hatte, dass sein Austritt aus dem Orden der Jedi für ihn nicht der richtige Weg gewesen war.

Auf der ersten Blick erschien die Situation auf Vorzyd 4 vollkommen anders als die auf Melida/Daan. Eigentlich fast harmlos. Aber jetzt konnte Obi-Wan kaum noch

Unterschiede mehr feststellen. Und nun wurde ihm klar, wie sehr die Situation hier der auf Melida/Daan ähnelte.

Die streitenden Freilinge. Die Explosionen. Die Unfähigkeit der Generationen, miteinander zu sprechen.

Und das Schlimmste war, dass Obi-Wan nicht mehr helfen konnte. Die Kinder vertrauten ihm nicht mehr. Und warum sollten die Erwachsenen jemandem trauen, der ihnen schon die ganze Zeit etwas verheimlichte?

Da er nicht wusste, was er sonst tun sollte, ging Obi-Wan zurück zu seinem Zimmer im Gebäude der Ruheständler. Er war noch nicht lange dort, als Qui-Gon kam.

Obi-Wan wusste, dass sein Meister sich Sorgen über ihn machte – und wahrscheinlich auch über die Situation. Mit einem Seufzer begann er ihm zu erzählen, was vorgefallen war.

„Irgendjemand muss den Erwachsenen einen Hinweis gegeben haben", begann Obi-Wan.

Qui-Gon nickte. „Ich habe wie versprochen geschwiegen", sagte er. „Aber ich habe zufällig gehört, wie die Truppe für die Gebäudewartung Chairman Port etwas von einer Unregelmäßigkeit erzählt hat. Sie haben tatsächlich auf einen Hinweis reagiert."

Obi-Wan hatte ohnehin nicht angenommen, dass Qui-Gon für die Razzia verantwortlich gewesen war. Dennoch war er froh, es aus dem Mund seines Meisters zu hören.

„Eine Gruppe von Erwachsenen stürmte das geheime Treffen", sagte Obi-Wan. „Doch eines der Kinder, ein Junge namens Flip, war dafür gerüstet. Er warf eine Rauchkapsel auf den Boden und führte alle in Sicherheit."

„Er war für eine solche Razzia gut vorbereitet", sagte Qui-Gon grübelnd.

Obi-Wan nickte. „Das dachte ich mir auch", sagte er. „Vielleicht war *er* der Informant. Es erschien mir alles zu einfach. Aber seitdem ist noch einiges mehr passiert ..."

Obi-Wan verstummte. Es fiel ihm schwer, seinem Meister in die Augen zu sehen. Er fühlte sich für das Verhältnis, das nun zwischen den Erwachsenen und den Kindern herrschte, verantwortlich. Einmal mehr hatte er das Gefühl, dass sein Instinkt ihn getäuscht hatte.

„Sprich weiter", sagte Qui-Gon sanft. Seine Augen signalisierten Verständnis. Doch das machte es für Obi-Wan auch nicht leichter. Eher schwerer. Er verdiente jetzt kein Verständnis. Die Lage auf Vorzyd 4 war schlimmer als vor ihrer Ankunft.

Und es war alles seine Schuld.

Kapitel 17

Qui-Gon sah, dass sein Padawan mit sich kämpfte. Er war versucht, ihn weiter zu befragen, um zu sehen, ob er sich öffnen würde. Doch er wusste, dass das jetzt nicht der richtige Weg war. Was Obi-Wan jetzt brauchte, war ein wenig Zeit und Bewegungsfreiheit, so wie Qui-Gon es selbst von Zeit zu Zeit brauchte.

In dem Zimmer im Gebäude der Ruheständler herrschte mehrere Minuten lang Schweigen. Dann sprach Qui-Gon.

„Ich glaube, wir sollten nach draußen gehen und gegeneinander kämpfen", sagte er. „Es ist lange her, dass wir zusammen mit den Lichtschwertern trainiert haben."

Qui-Gon hoffte, dass die körperliche Anstrengung seinem Padawan helfen würde, Spannungen abzubauen und seine Gedanken zu ordnen. Sich auf etwas vollkommen anderes zu konzentrieren, würde auf jeden Fall eine gute Abwechslung sein.

Obi-Wan schien zu zögern, als sie das Gebäude verließen. Doch als er draußen war und seinem Meister gegenüberstand, funkelten seine Augen mit einer Intensität, die Qui-Gon überraschte. Der junge Jedi zündete sein Lichtschwert und Qui-Gon tat dasselbe.

Die beiden Jedi kreisten umeinander wie in einem Tanz, langsam und mit gehobenen Lichtschwertern. Obi-Wan bewegte sich vorsichtig und sah Qui-Gon direkt in die Augen. Es war, als wollte er ihn dazu auffordern, den ersten Schritt zu tun.

Und das tat Qui-Gon. Er ließ das Lichtschwert in einem kraftvollen Hieb herunterschnellen – ein, zwei, drei Mal. Obi-Wans Klinge war jedes Mal da, um die Hiebe abzufangen. Die grazilen Bogen, in denen er sein Lichtschwert schwang, waren präzise und akkurat. Er ließ niemals den Blick von den Augen seines Meisters.

Qui-Gon wurde plötzlich klar, dass sich die Lichtschwert-Künste seines Padawans in den letzten Monaten deutlich verbessert hatten. Seine Energie war außergewöhnlich – jung und frisch. Obi-Wan kämpfte wie ein Jedi-Ritter.

Ganz abgesehen davon, dass er auf seinen Instinkt vertraut, dachte Qui-Gon. Er hatte plötzlich das Gefühl, dass ihn der Junge eines Tages schlagen würde. Und dass dieser Tag nicht allzu weit in der Zukunft lag.

Die beiden Jedi sprangen und schwenkten mit unglaublicher Schnelligkeit. Ihre blauen und grünen Lichtschwert-Klingen erhellten die vorzydianische Nacht. Doch hinter den Schwertern pulsierte etwas viel Stärkeres – der Wille der beiden Jedi. Qui-Gon wusste, dass Obi-Wan gleichberechtigt behandelt werden wollte. Zwar war er in den letzten Jahren gewachsen, doch war er erst siebzehn. Er musste noch viel lernen.

Mit jedem Hieb trieb Qui-Gon Obi-Wan weiter zurück. Das war nicht sonderlich schwer. Doch während er auf seinen Padawan eindrang, hatte er das Gefühl, dass der es zuließ. Dass sein Padawan irgendwie Herr der Lage war.

Und genau so war es. In einem blendend hellen, grünen Blitz schwang Obi-Wan sein Schwert, duckte sich weg und drehte sich um. Seine blauen Augen blitzten auf und auf seinen Lippen lag ein leichtes Lächeln. Jetzt hatte er die Oberhand.

Qui-Gon war gewohnt, dass ein Feind eine solch überhebliche Strategie anwendete. Es war allerdings etwas beunruhigend, sie bei seinem Padawan zu erleben. Und doch hatte sie funktioniert.

So als hätte er die Gedanken seines Meisters gelesen, legte Obi-Wan noch etwas Tempo zu. Jetzt schlug er unablässig und mit phänomenaler Kraft zu und trieb Qui-Gon damit in einem weiten Bogen über der Hof. Obi-Wans grüne Klinge war ein verwischter Lichtstreif in der

Dunkelheit und er bewegte sich voller Sicherheit und Energie.

Qui-Gon musste sich enorm konzentrieren, um vor seinem Padawan zu bleiben. Sie hatten oft genug Seite an Seite gekämpft und so konnte Qui-Gon einschätzen, was Obi-Wan als jeweils Nächstes tun würde. Das gleiche galt natürlich auch für Obi-Wan. Und manchmal blockte der junge Jedi einen Hieb so schnell ab, dass Qui-Gon überzeugt war, sein Schüler hätte ihn schon vorher kommen sehen.

Mit einem Aufblitzen trafen die Lichtschwerter summend aufeinander und bildeten ein hoch erhobenes Kreuz. Beide Männer waren außer Atem und schwitzten von der Anstrengung. Das war kein leichter Trainingskampf gewesen.

Obi-Wan sah seinem Meister mit wachem Blick tief in die Augen. Es war klar, dass er den Kampf zwar nicht wirklich gewonnen hatte, doch er hatte seinen Standpunkt klargemacht. Zwischen ihnen hatte sich etwas geändert. Obi-Wan hatte einen weiteren Schritt auf dem Weg zum Jedi-Ritter getan. Und Qui-Gon war bereiter als je zuvor, ihn gehen zu lassen.

Ohne ein Wort deaktivierten die Jedi ihre Lichtschwerter und gingen zurück in das Gebäude der Ruheständler.

„Du musst dich mit Grath treffen“, sagte Qui-Gon ruhig. „Die Schüler und Arbeiter müssen viel von einander lernen."

Obi-Wan nickte. „Einverstanden", sagte er. „So wie Ihr mir viel beibringen musstet. Ich danke Euch, Meister."

Qui-Gon war stolz. Obi-Wan war ein guter Mensch und er würde ein hervorragender Jedi-Ritter werden. „Wir lernen voneinander, Padawan", sagte er. „Aber vielen Dank."

Obi-Wan nickte. „Ich glaube, ich sollte Grath sofort suchen", sagte er. „Ich sehe jetzt, dass wir noch immer eine Chance haben, den Disput beizulegen und die beiden Seiten dazu zu bewegen, aufeinander zu hören. Aber wir haben nicht viel Zeit. Ich glaube allerdings, dass die Schüler und Erwachsenen tief in ihrem Innern dasselbe wollen."

„Ja, tief in ihrem Innern", stimmte Qui-Gon ihm zu.

Kapitel 18

Obi-Wan schlief in dieser Nacht tief und wachte mit einem klaren Kopf auf. Er wusste genau, was zu tun war und war darauf vorbereitet.

Nachdem er seine Jedi-Robe angezogen hatte, verließ er das Gebäude der Ruheständler, ging zur Wohnung der Ports und klopfte an die Tür. Es war, als hätte Grath auf der anderen Seite gestanden, denn die Tür ging sofort auf. Obi-Wan war überrascht, hinter Grath Nania zu sehen.

„Wir wollten gerade aufbrechen und zu dir gehen", sagte Grath. Er sah ein wenig verschämt aus. „Ich bin froh, dass du gekommen bist."

Grath ging zur Seite und Obi-Wan trat ein. Nania führte sie an den Tisch.

„Es tut mir Leid, Obi-Wan", sagte Grath, als sie saßen. „Ich wusste, dass du ein Jedi bist, weil ich meinen Vater belauscht hatte. Ich hätte es dir sagen sollen. Aber ich dachte, du würdest uns vielleicht nicht mehr helfen wollen, wenn du wüsstest, dass wir über deine wahre Identität informiert waren. Außerdem war ich mir nicht sicher, ob alle Freilinge die Hilfe eines Jedi akzeptiert hätten."

Grath sprach ohne zu zögern und seine Worte schienen ehrlich gemeint zu sein. Obi-Wan konnte sehen, weshalb er der Anführer der Freilinge war.

„Ich habe euch ebenfalls angelogen", gab Obi-Wan zu. „Ich weiß, es war unehrlich, euch zu verschweigen, dass ich ein Jedi bin. Aber ich dachte, es wäre die beste Möglichkeit, euren Planeten kennen zu lernen und herauszufinden, wie wir helfen könnten."

Graths Miene hellte sich etwas auf. „Ich weiß", sagte er. „Und ich glaube, *dass* ihr uns helfen könnt. Wir müssen uns bei unseren Eltern Gehör verschaffen. Sie sind nicht unsere Feinde. Du hast ja selbst gesehen, wie unser Verhältnis ist. Es wird immer schlechter. Wir müssen die Grundfesten neu aufbauen. Und du hast vielleicht die Möglichkeit, das zu schaffen."

„Im Augenblick könnten beide Seiten ein Problem sein", gab Nania zu bedenken. „Da die Erwachsenen uns verdächtigen, die Urheber der Sabotageakte zu sein, könnten sie uns feindlich gesinnt sein. Vor allem weil sie Vorzyd 5 beschuldigt haben. Wir haben viel Unfrieden gestiftet – und jetzt sind die Freilinge gespalten."

„Ich habe Euch nicht bei den Erwachsenen verraten", sagte Obi-Wan ernsthaft. Er wollte, dass Grath und Nania wussten, dass er sie niemals so verraten würde.

„Das wissen wir", sagte Grath.

„Es war Flip", fügte Nania hinzu. „Ich habe ihn und Tray darüber lachen hören, wie einfach es doch gewesen sei, den Rest der Gruppe an der Nase herumzuführen." Sie berührte Obi-Wans Arm. „Wir wissen, dass du uns nur helfen wolltest, Obi-Wan", sagte sie. „Das ist doch auch deine Aufgabe als Jedi, oder nicht?"

„Das stimmt", gab Obi-Wan zurück.

„Aber es wird alles immer schlimmer", sagte Grath und er sah aus, als wäre er geschlagen. „Wir haben alles bisher nur aus Spaß gemacht. Damit eben etwas geschieht."

„Eine Zeit lang ging es gut und es war auch in Ordnung", erklärte Nania. „Wir hatten unseren Spaß. Wir hatten an der Planung und Ausführung der Streiche lange zusammen gearbeitet. Und niemand wurde verletzt."

„Aber dann haben wir die Regeln geändert", fuhr Grath fort. „Wir haben versucht, die Arbeiter aufzurütteln – unsere Eltern und Großeltern. Dann begann mein Vater, Vorzyd 5 zu beschuldigen." Seine Stimme klang plötzlich verbittert. „Wir wollten ihre Produktivität behindern, denn das schien das Einzige zu sein, was ihnen wichtig war. Wir wollten doch nur, dass man uns zuhört …"

Grath verstummte und er sah zu Boden.

„Wir sind nicht mehr sicher, ob Sabotage überhaupt der richtige Weg war“, gab er zu. „Wir hatten nie vorgehabt, die Sprengsätze zu zünden, während sich Leute in den Shuttles aufhielten. Wir wollten niemanden verletzen.“

„Jetzt wollen wir das beenden, womit wir begonnen haben“, fuhr Nania fort. „Aber wir wissen nicht, ob wir Flip und die Freilinge auf seiner Seite davon überzeugen können, alles abzublasen. Davon, dass Gewalt nicht der richtige Weg ist.“

Obi-Wan hob eine Augenbraue. „Wäre der nächste Sabotageakt ein gewaltsamer gewesen?“

„Eigentlich nicht“, gab Grath zurück. „Aber ein explosiver. Und so wie es das letzte Mal ablief …“

Er hielt zum zweiten Mal inne. Doch dieses Mal sah er zur Decke hoch. „Ich weiß nicht, was mit Flip los ist“, sagte er traurig. „Er war ein großartiger Mensch. Ein echter Freund. Und ich dachte immer, er hätte zu mir aufgesehen.“

„Das hat er auch“, sagte Nania. „Aber Flip ist eine selbstständige Person. Du darfst dich nicht für seine Überlegungen und Handlungen verantwortlich fühlen.“

Obi-Wan fühlte mit Grath. Er wusste, wie es war, wenn man sich für etwas verantwortlich fühlte. Er hatte es schon oft am eigenen Leib erfahren. Wenn seine

Freunde in Gefahr gewesen waren. Wenn seine Rivalen gestorben waren.

„Ich bin mir sicher, dass er noch immer zu dir aufsieht", sagte Obi-Wan und dachte daran, wie verletzt Flip gewesen war, als Grath ihn wegen der verfrühten Explosionen während des Morgenverkehrs zurechtgewiesen hatte. „Ich glaube, dass sein Zorn nur seine Verletzlichkeit überdecken soll. Er wollte, dass du stolz auf ihn bist."

„Aber ich *bin* stolz auf ihn", sagte Grath. „Irgendwie. Ich glaube nur, dass er seine Energie in die falsche Richtung lenkt."

„Es ist jetzt wichtig für euch, dass ihr etwas unternehmt und die richtigen Entscheidungen trefft", sagte Obi-Wan. „Für alle, einschließlich Flip. Es ist an der Zeit, sich mit den Erwachsenen zu treffen und ihnen zu erzählen, was vor sich geht. Ihr müsst ihnen vertrauen."

Grath atmete hörbar aus. „Ich weiß", sagte er. „Aber ich weiß nicht, wo ich anfangen soll."

„Ich kann das Treffen für euch organisieren", sagte Obi-Wan. „Und Qui-Gon wird uns helfen, indem er mit den Arbeitern spricht."

Grath seufzte. „In Ordnung", sagte er. „Aber ich habe das Gefühl, dass ein Gespräch mit den Arbeitern einfacher sein wird, als die Freilinge davon zu überzeugen, den nächsten Sabotageakt abzublasen und bei dem Treffen zu erscheinen."

Kapitel 19

An diesem Abend, bei einem faden Mahl aus Brühe und einem zähen Fladenbrot, erzählte Obi-Wan seinem Meister von dem Treffen mit Grath und Nania.

„Ich bin überzeugt, dass wir die Situation ins Positive wenden können", sagte er voller Zuversicht. „Die Freilinge müssen erkennen, dass ein Treffen mit den Arbeitern das Richtige ist. Es ist das Beste für alle."

„Dem stimme ich zu, Padawan", sagte Qui-Gon. „Und ich glaube, ich sollte dich bei diesem Treffen der Freilinge begleiten. Es steht viel auf dem Spiel."

Obi-Wan fühlte sich bevormundet. War sein Meister der Meinung, dass er ohne ihn die Situation nicht Griff hatte? Hatte er nicht deutlich zum Ausdruck gebracht, dass er das Problem jetzt aus einer anderen Richtung angehen wollte?

Obi-Wan schluckte den letzten Löffel Brühe und sah seinen Meister über den Tisch hinweg an. „Ich würde gern allein gehen", sagte er langsam. „Um das, was ich begonnen habe, selbst zu Ende zu bringen. Wir werden natürlich beide bei dem Treffen zwischen den Freilingen und den Arbeitern zugegen sein." Obi-Wan hoffte, dass die letzte Anmerkung seinen Meister ein wenig positiv stimmen würde.

Es herrschte einen Moment Stille, bevor Qui-Gon wieder das Wort ergriff. „Also gut", sagte er. „Ich verstehe, dass es wichtig für dich ist, allein zu gehen. Meine Anwesenheit könnte die Balance zerstören, die du herzustellen versucht hast. Ich werde Chairman Port kontaktieren, um sicherzugehen, dass die Arbeiter zu einem Treffen bereit sind. Ich werde dabei sein, wenn er Vorzyd 5 kontaktiert, um sich zu entschuldigen. Und ich kenne noch ein paar Leute, die vielleicht gern bei einem Treffen zwischen den Freilingen und den Arbeitern anwesend wären."

Obi-Wan fragte sich, worüber sein Meister wohl sprach, doch ein Klopfen an der Tür ihres Zimmers im Bau der Ruheständler unterbrach ihre Unterhaltung. Eine Sekunde später glitt die Metalltür auf und Grath stand im Rahmen. Er sah Qui-Gon verschämt an, so als wüsste er nicht genau, wie man einen Jedi-Meister begrüßen sollte.

Qui-Gon stand auf und deutete vor Grath eine Verneigung an.

„Es ist mir eine Ehre, den Anführer der Freilinge kennen zu lernen", sagte er.

Grath schaute ihn überrascht an und Obi-Wan lächelte. Sein Meister war sehr gut, wenn es galt, anderen die Scheu zu nehmen.

„Obi-Wan hat mir viel von dir erzählt", fuhr Qui-Gon mit einem freundlichen Lächeln fort.

Grath erwiderte es. „Es ist auch mir eine Ehre, Euch kennen zu lernen", sagte er. „Und ich möchte Euch für Eure Hilfe danken. Ich hoffe, dass Ihr Vorzyd 4 auf einen neuen Weg führt, bevor Ihr uns wieder verlasst."

„Das ist auch mein Wunsch", sagte Qui-Gon und begann, die Essutensilien vom Tisch zu räumen. Obi-Wan spürte, dass er ihren Aufbruch erleichtern wollte. In stiller Dankbarkeit verließ er mit Grath das Zimmer.

Die beiden gingen über den Hof und warteten darauf, dass Nania sie mit dem Shuttle abholte. Obwohl er im Gebäude der Ruheständler noch zuversichtlich gewesen war, fühlte er jetzt einen Anflug von Nervosität. Was wäre, wenn die Freilinge nicht auf ihn und Grath hören würden? Was wäre, wenn sie ihn noch immer für einen Verräter hielten?

Als sie schließlich die Müllverwertungsanlage erreichten, praktizierte Obi-Wan eine beruhigende Jedi-Atemtechnik. Aber er musste sich keine Sorgen machen. Die Freilinge hörten Grath schweigend zu.

„Ich muss mich bei euch allen dafür entschuldigen, dass ich euch nicht über den Jedi unter uns in Kenntnis gesetzt habe", sagte Grath von einem Müllhaufen herunter. „Aber es erschien mir richtig."

Obi-Wan sah sich in der Halle um, während er Grath zuhörte. Die Kinder lauschten aufmerksam und manche nickten. Nur Tray stand etwas weiter weg, allein in einer Ecke, und blickte böse drein. Von Flip war nichts zu sehen.

„Obi-Wan ist gekommen, um uns zu helfen", fuhr Grath fort. „Er versteht, was wir erreichen wollen. Und er kann uns mit den Arbeitern zusammenbringen."

„Nein!", rief Tray und stampfte mit dem Fuß auf. Als Obi-Wan sie dabei beobachtete, fragte er sich, weshalb sie so sehr auf Gewalt aus war. Was wollte sie erreichen?

Ein Murmeln ging durch die Reihen und die Kinder begannen zu reden, wenn auch um einiges geordneter als am Tag zuvor. Sie versuchten, einander zuzuhören. Obi-Wan hielt das für ein gutes Zeichen.

„Wir sind ihnen vollkommen gleichgültig", sagte jemand. „Alles dreht sich nur um Produktivität."

„Und sie hören nicht zu", sagte ein anderer Freiling. „Sie werden nur die Sabotage beenden wollen, aber die Sabotage ist …" Der Junge suchte die richtigen Worte.

„Das mag sein", sagte Grath. „Unsere Treffen, bei denen wir die Streiche geplant haben, waren das Lustigste, was ich seit Monaten erlebt habe, und es könnte sogar das Beste sein, was ich je getan habe. Aber wir lösen damit nicht das Problem. Wir kommen unseren Eltern nicht näher. Wir müssen irgendwo anfangen, wenn wir die Veränderungen erreichen wollen, die wir brauchen."

Einen Moment lang war es still, als sich die Freilinge ansahen. Obi-Wan fiel auf, dass Trays Antennen durch die Luft zuckten, so als würden sie gegen einen Unsichtbaren kämpfen. Doch die anderen schienen zu verstehen, was Grath meinte. Sie verstanden, dass Gewalt kein Mittel war.

„Du musst nicht zu dem Treffen mitkommen, wenn du dagegen bist", sagte Nania und schaute Tray an. „Aber wir hoffen, dass du mitkommst. Es ist besser für uns alle. Es ist die einzige Möglichkeit."

Nania wandte ihren Blick nicht von Tray, so als würde sie Widerspruch erwarten. Doch das Mädchen schwieg. Dann richteten sich Nanias Antennen auf.

„Wo ist Flip?", fragte sie.

Tray zuckte mit den Schultern. „Ich weiß es nicht", sagte sie. Aber ein Aufblitzen in ihren Augen verriet Obi-Wan, dass sie nicht die Wahrheit sagte.

Obi-Wan schaltete seinen Comlink an. Es war an der Zeit, Qui-Gon zu kontaktieren. Das kleine Gerät knisterte einen Moment, dann hörte er die Stimme seines Meisters.

„Die Freilinge haben einem Treffen zugestimmt", sagte Obi-Wan.

„Das sind gute Neuigkeiten", gab Qui-Gon zurück. „Wir sind im Gebäude der Multycorp in der Nähe von Chairman Ports Büro. Wir haben mit Vorzyd 5 Frieden geschlossen und eine große Gruppe von Arbeitern hat sich hier mit ein paar Ruheständlern versammelt. Wir können es kaum erwarten, anzufangen."

„Ausgezeichnet", sagte Obi-Wan. Zum ersten Mal seit Tagen fühlte er sich erleichtert und hatte wieder Hoffnung. „Wir sind unterwegs."

Obi-Wan beendete die Kommunikation und stieg auf einen kleinen Schutthaufen. „Die Arbeiter warten darauf, sich mit uns zu treffen – um zu hören, was wir zu sagen haben", sagte er zu den Freilingen. „Es sind auch ein paar Ruheständler da. Sie möchten mit den Gesprächen beginnen. Wir sollten alle sofort zum Multycorp-Bau gehen."

Die Begeisterung war hörbar, als die Freilinge untereinander zu reden begannen. Überall in der Halle hüpften Kinder auf und ab. Obi-Wan drehte sich nach Tray um und sah, wie sie zu Boden sank. In ihrem Gesicht war blankes Entsetzen zu erkennen.

„Aber meine Großmutter", stammelte sie. „Nein." Sie sah zu Grath und Obi-Wan hoch. „Der Mutycorp-Bau wird explodieren."

Kapitel 20

Die Freilinge verstummten, als sich Trays Worte gesetzt hatten.

„Was?“, fragte Grath. „Was hast du gesagt?“

Tränen standen in Trays Augen. „Der Mutycorp-Bau wird explodieren“, wiederholte sie.

Obi-Wan griff nach seinem Comlink. Wenn er Qui-Gon sagen konnte, was vor sich ging, dann könnten sie die Explosion vielleicht verhindern. Doch noch bevor Obi-Wan überhaupt versuchen konnte, eine Verbindung aufzubauen, schüttelte Tray den Kopf.

Obi-Wan versuchte den Comlink in Betrieb zu nehmen, aber es kam nichts außer statischem Rauschen.

„Er funktioniert nicht mehr“, sagte Tray hölzern. „Wir haben die gesamte Kommunikation gestört.“ Sie sah auf ihren Zeitmesser. „Es ist zu spät.“

Tray sprang auf. „Wir müssen die Explosion verhindern!“, rief sie. „Los!“

Tray lief zum Wartungs-Shuttle voraus und kletterte in den Sitz im Cockpit. Einen Moment schien es so, als würde Nania ihr die Kontrollen aus der Hand reißen, doch dann besann sie sich. Tray brauchte eine Aufgabe.

Unglücklicherweise war Tray keine sonderlich gute Pilotin. Wenn ein Flug mit Nania ein Abenteuer war, dann war einer mit Tray eine Katastrophe. Der Shuttle hüpfte und machte Sprünge und warf dabei die anderen Freilinge hin und her.

Obi-Wan versuchte, einen klaren Kopf zu behalten, als er in seinen Sitz gedrückt wurde. Er musste Qui-Gon eine mentale Warnung wegen der Explosion schicken. Aber in dem Shuttle herrschte zu viel Aufregung und er konnte sich nicht konzentrieren. Er schloss die Augen und versuchte, alle anderen Emotionen und die Geräusche auszublenden. Er griff nach der Macht und sandte Qui-Gon eine Warnung. *Schafft alle aus dem Multycorp-Gebäude*, sagte er ihm. *Sofort.*

Obi-Wan öffnete die Augen und sah, dass Grath ihn anstarrte. „Ich hoffe, dass es funktioniert hat – was auch immer du gerade gemacht hast“, sagte der Junge mit zitternder Stimme. „Wenn meinem Vater wegen mir etwas zustößt, oder wegen etwas, das ich getan habe …“ Es fehlten ihm plötzlich die Worte und er verstummte.

Obi-Wan versuchte, Grath zu beruhigen. „Wir tun alles, was wir können“, sagte er. „Wir dürfen die Hoffnung nicht aufgeben." Aber Obi-Wan hatte selbst das üble Gefühl, es könnte zu spät sein.

„Es ist alles meine Schuld", fuhr Grath fort. „Ich habe die Streiche verändert. Ich wollte ihre Aufmerksamkeit erregen. Ich wollte ihnen zeigen ..." Graths Augen füllten sich mit Tränen, als er durch das Fenster des Shuttles starrte. „Und jetzt ist mein Vater, das Oberhaupt des Planeten, in Gefahr."

„Es ist nicht deine Schuld, Grath", sagte Tray mit schwankender Stimme. „Sondern meine." Sie zwang den Shuttle in eine scharfe Linkskurve. Die Freilinge, die gegen die Wand geschleudert wurden, stöhnten auf.

„Ich habe Flip dazu überredet, dass die Streiche gewalttätiger werden sollten. Ich habe ihm gesagt, du würdest ihn respektieren, wenn er die nächste Stufe erklimmt. Dass du stolz sein würdest ..." Tray nahm eine Hand von den Kontrollen, um sich die Augen abzuwischen und der Shuttle ging sofort in den Sinkflug. Er schrammte kurz am Boden entlang, bevor Tray ihn wieder auf die Bahn bringen konnte.

„Und er hat auf mich gehört", sagte sie mit einem Schluchzen. „Er hat jedes Wort geglaubt, das ich ihm gesagt habe."

Schließlich bog der Shuttle um eine Ecke und der Bau der Multycorp kam in Sicht. Obi-Wan stieß einen tiefen Seufzer aus. Das Bauwerk stand noch.

Doch noch bevor der Shuttle nahe genug kam, damit irgendjemand eine Warnung rufen konnte, erschütterte eine gewaltige Explosion die ganze Gegend. Metallsplitter, Durabeton-Trümmer und andere Bruchstücke wirbelten durch die Luft, als die Vorderseite des Multycorp-Komplexes explodierte und einstürzte.

„Nein!“, schrie Grath und hielt sich die Hände vor das Gesicht. Nania starrte durch die Scheibe. Sie war so schockiert, dass sie kein Wort hervor brachte. Tray brach über den Kontrollen des Shuttles zusammen. Obi-Wan suchte den Bereich vor der Windschutzscheibe ab und wartete, bis sich der Staub gelegt hatte. Hatte Qui-Gon seine Nachricht erhalten? Waren die Vorzydianer rechtzeitig herausgekommen? Obi-Wan spürte, dass sein Meister in der Nähe war, konnte aber nicht sagen, ob es ihm gut ging.

Irgendwann sah Obi-Wan eine Gruppe von Leuten. Ein paar von ihnen standen vornübergebeugt da, andere lagen im Geröll auf dem Boden. Sonst war nichts zu sehen.

Obi-Wan drückte die Tür des Shuttles auf und lief auf sie zu. Er hoffte verzweifelt, dass er nicht auf ein Todesszenario zulief.

Kapitel 21

Am Explosionsort herrschte ein einziges Chaos. Alles war voller vorzydianischer Arbeiter und Ruheständler – sie lagen auf dem Boden, summten vor sich hin oder versorgten Verletzte. Alle standen unter Schock. Obi-Wan folgte Grath und Tray, als sie in den Trümmern nach ihren Familienangehörigen suchten.

Irgendwann sah Obi-Wan Qui-Gons braune Robe. Sein Meister kniete neben einem Körper auf dem Boden. Neben ihm stand Chairman Port.

„Vater!“, rief Grath und lief los.

Chairman Port drehte sich um. Sein Gesicht war verbrannt. Mit einer Hand hielt er seinen verletzten Arm, der seltsam verdreht herabhing. Grath gab Acht, dass er den gebrochenen Arm nicht berührte und ging zu seinem Vater. Anstatt etwas zu sagen, berührten sie sich mit ihren Antennen und versicherten sich so gegenseitig, dass alles in Ordnung war.

Obi-Wan lief zu Qui-Gon. Er war erleichtert, seinen Meister unverletzt zu sehen, doch der Jedi schien das Gefühl nicht erwidern zu können. Etwas anderes beschäftigte ihn. Qui-Gons Gesichtsausdruck ließ Obi-Wan inne halten. Die Gestalt auf dem Boden war Trays Großmutter. Ihre Augen waren geschlossen und ihr Gesicht war voller Blut.

Tray fiel neben ihrer Großmutter auf die Knie, unfähig zu sprechen.

„Sie wird es überstehen", sagte Qui-Gon leise. „Sie wurde bei der Flucht aus dem Gebäude von einem kleinen Trümmerstück am Kopf getroffen."

Die Augen der alten Frau öffneten sich flatternd und sie streckte die Hand nach ihrer Enkelin aus. Tray nahm ihre Hand, doch ihr Gesicht war eine Maske des Entsetzens. Obi-Wan wusste, dass sie sich die Schuld gab.

Qui-Gon legte Tray eine Hand auf die Schulter. „Deine Großmutter ist eine tapfere Frau."

Tray sah Qui-Gon mit tränenerfüllten Augen dankbar an. Der erwiderte ihren Blick voller Zuversicht und wandte sich dann an Obi-Wan.

„Dank deiner Warnung haben es fast alle rechtzeitig aus dem Gebäude geschafft."

„Fast alle?", fragte Obi-Wan. Doch Qui-Gon sagte nichts mehr. Da wusste Obi-Wan, wer im Gebäude zurückgeblieben war. „Flip“, sagte er leise. Er wollte Tray nicht noch mehr aufregen. Doch sie hatte es gehört.

„Nein!“, rief sie weinend. „Nein, nicht Flip. Wir müssen ihn finden. Wir müssen ihn da herausholen.“

Obi-Wan nickte traurig. Natürlich mussten sie Flip suchen. Er hoffte nur, dass sie ihn lebendig finden würden.

Grath rief und winkte die immer größer werdende Gruppe der Freilinge zu der Ecke, die einmal die Vorderseite des Multycorp-Annexes gewesen war.

„Das Geräusch kommt aus dem Keller“, erklärte er. „Wir müssen irgendwie dort hinein kommen.“

Ein Team der Arbeiter hatte die Trümmer erst ein paar Minuten durchsucht, als sie schon ein leises, metallisches Klopfen gehört hatten. Es hätte eine Maschine sein können, die noch immer lief. Es hätte ein Tier sein können. Oder es könnte Flip sein.

Ein Dutzend kräftige Arbeiter kam zusammen und drückte mit vereinter Kraft an dem schweren Metallträger, der den Zugang zum Keller blockierte. Doch er rührte sich nicht von der Stelle.

„Wir müssen gleichzeitig anheben“, sagte Grath zu seiner Gruppe. „Auf drei.“

Ein paar der Arbeiter sahen die jungen Freilinge skeptisch an. Doch dann traten sie zur Seite und ließen sie an den Träger.

„Eins, zwei, drei“, zählte Grath. Gemeinsam schaffte die Gruppe es, den Träger anzuheben. Sie schoben ihn zur Seite, bis eine ein Meter breite Öffnung entstanden war.

„Stützt die Seiten ab“, rief Grath.

Die Öffnung war nicht groß, aber sie reichte aus, damit Obi-Wan sich hindurchzwängen konnte.

„Beeil dich, Obi-Wan“, sagte Grath, als der junge Jedi in die dunklen Reste des Kellers hinabstieg. Doch der Anführer der Freilinge musste das nicht zweimal sagen. Obi-Wan wusste, dass die Reste des Multycorp-Gebäudes instabil waren. Auch mit dem Träger als Stütze war die Gefahr groß, dass der Eingang einstürzte. Und selbst wenn Flip noch am Leben war, konnte die Zeit drängen.

Obi-Wan blieb einen Augenblick stehen und wartete, bis sich seine Augen an die Dunkelheit gewöhnt hatten. Er hörte auf das metallische Klopfen. Es schien von einer Stelle direkt vor ihm und etwas links zu kommen. Aber es kam immer unregelmäßiger.

„Pass auf“, sagte eine Stimme über Obi-Wan. „Ich komme auch runter.“

Das Licht von oben war einen Augenblick lang verdeckt. Dann landete Tray neben Obi-Wan.

„Das Geräusch kommt von dort drüben“, sagte Obi-Wan und zeigte in die entsprechende Richtung. Er ging voran, doch Tray lief an ihm vorüber.

„Flip?“, rief sie. „Flip? Halte durch, wir kommen.“ Das vorzydianische Mädchen ging gebückt unter einem großen Maschinenwrack hindurch. Es schob sich schnell und behände durch zum Teil eingefallenen Räume und verschwand außer Sicht. Doch Obi-Wan hörte noch immer, wie es nach seinem Freund rief.

„Flip? Flip!“ Trays Stimme ließ keinen Zweifel daran, dass sie den Jungen gefunden hatte. Obi-Wan lief an einem Haufen Schutt vorbei zu ihnen.

„Flip“, sagte Tray jetzt etwas ruhiger. Gemeinsam hoben sie und Obi-Wan ein Durastahl-Teil von Flips Brust, das ihn auf den Boden gedrückt hatte. Tray fiel neben ihm auf die Knie und nahm Flips Hand. Sie lockerte seinen Griff um die Durastahl-Stange, mit der er das Notsignal gegen den Träger geklopft hatte.

Abgesehen von einer großen Schramme an der Stirn schien Flip nichts zu fehlen. Doch obwohl der Träger ihn nun nicht mehr behinderte, konnte er nicht aufstehen. Obi-Wan sah, wie der Junge nach Luft rang, um zu sprechen; er war offensichtlich doch in einem schlechteren Zustand als er angenommen hatte. Flip hustete und zuckte vor Schmerz zusammen.

„Leg dich wieder hin“, sagte Obi-Wan. „Versuch nicht, dich zu bewegen oder zu sprechen.“ Dann wandte er sich an Tray. „Bleib solange bei ihm, bis ich die Mediziner geholt habe.“

Als Obi-Wan zurück zum Kellereingang lief, hörte er Tray leise sprechen.

„Es tut mir so Leid“, flüsterte sie. Sie schluchzte. „Ich hatte Unrecht.“

Kapitel 22

Tray stand so dicht wie möglich neben der Gravbahre, als Flip aus dem Keller gebracht wurde. Grath bewegte sich nervös, als sie herauskamen. Für Obi-Wan war klar ersichtlich, dass der Junge mit Flip reden wollte, irgendetwas ihn jedoch zurückhielt.

Qui-Gon warf seinem Padawan einen Blick zu und ermutigte ihn mental, Grath anzustoßen. Doch Obi-Wan ging schon auf den Anführer der Freilinge zu. Qui-Gon hörte nicht, was Obi-Wan Grath ins Ohr flüsterte, doch was immer es auch war, es gab dem Jungen den Mut, den er brauchte, um auf den verletzten Flip zuzugehen.

Grath legte seine Hände auf die von Flip, beugte sich dicht vor dessen Gesicht und sprach leise mit ihm. Obwohl Flip nicht antworten konnte, sagten seine Augen, das alles vergeben war. Grath und der Junge berührten sich kurz mit ihren Antennen. Dann senkten sich Flips

Fühler auf seine Stirn und sein Körper erstarrte. Flip war tot.

„Nein!“, schluchzte Tray. Sie beugte sich über Flips Gesicht und legte ihren Kopf auf seine Brust. „Nein“, flüsterte sie. „Nicht du.“

Grath legte Tray tröstend die Hand auf den Rücken. „Es ist nicht deine Schuld, Tray“, sagte er leise. „Flip war selbstständig und er traf seine eigenen Entscheidungen. Wir alle haben getan, was wir für richtig hielten.“

Tray sah Grath dankbar an. Ihre großen Augen waren voller Tränen. Dann ließ sie den Kopf sinken. „Aber unser Weg war nicht der richtige“, sagte sie.

„Das glaube ich auch“, sagte Grath. „Aber jetzt gehen wir einen anderen Weg. Den Weg zum Frieden.“

Tray nickte langsam. Qui-Gon spürte, dass sie Flips Tod im Laufe der Zeit verkraften würde. Aber es würde lange dauern.

Grath sah auf Flips leblosen Körper hinab, beugte sich vor und verabschiedete sich kurz. Tray tat dasselbe und nach ihr noch ein paar andere Freilinge. Dann bedeckten die Freilinge Flips Leichnam mit einem schweren grauen Tuch und luden die Gravbahre auf einen Transporter.

Grath, Tray und Obi-Wan standen schweigend beisammen, als der Transporter abhob. Langsam versammelten sich mehr und mehr Freilinge um das Trio, nahmen sich an die Hände und begannen zu summen. Der

Ton war zuerst nur leise, wurde aber schnell lauter und intensiver. Ein Ton voller Schmerz und Sorge. Die junge Gruppe hatte viel durchgemacht und musste jetzt einen Toten aus ihrer Mitte beklagen. Qui-Gon wusste, dass das alles nicht einfach sein würde. Und es lagen noch viel Arbeit und unzählige Herausforderungen vor ihnen.

Als der letzte der verletzten Vorzydianer in ein Med Center gebracht worden war und sich der Staub endlich gelegt hatte, herrschte einen Moment lang Stille. Doch dieser friedliche Augenblick war schnell wieder vorüber.

Ein großer, wütender vorzydianischer Arbeiter zeigte mit dem Finger auf die Freilinge. „Seht nur, was ihr angerichtet habt", sagte er und deutete auf den Trümmerhaufen. „Wie sollen wir jetzt arbeiten?"

„Habt ihr denn keinen Respekt?", fragte ein anderer wütender Arbeiter. „Haben wir euch denn nichts beigebracht?", rief er böse.

„Ihr habt uns genug beigebracht", gab eine Stimme aus der Mitte der Freilinge zurück. „Ihr habt uns beigebracht, dass nur die Arbeit euch wichtig ist. Und *das* mussten wir tun, um eure Aufmerksamkeit zu erhalten."

Die Szenerie entwickelte sich schnell zu einem heftigen Wortgefecht zwischen den Freilingen und den Arbeitern. Qui-Gon sah von der Seite zu, zusammen mit ein paar Ruheständlern. Dieser Streit würde nirgendwo hinführen. Beide Parteien beschuldigten die jeweils andere, weiter nichts. Qui-Gon wollte gerade einschreiten, als Obi-Wan sich von den Freilingen löste und zwischen die beiden Gruppen stellte.

„Es hat keinen Sinn, sich gegenseitig die Schuld zu geben", sagte er laut hörbar. „Ich glaube, ihr seid euch alle einig, dass viel Schaden angerichtet wurde." Obi-Wan sprach langsam und bedächtig; er sah dabei den Freilingen und den Arbeitern in die Augen. Qui-Gon spürte, wie eine Welle des Stolzes durch ihn hindurchfloss. Wann war Obi-Wan nur so weise geworden?

„Ihr müsst zusammenarbeiten, um die Wunden zu heilen, die sich heute gezeigt haben." Obi-Wan richtete seinen Appell an die Arbeiter. Doch trotz der Wahrheit in Obi-Wans Worten spürte Qui-Gon, dass die Vorzydianer noch nicht überzeugt waren.

„Mein Padawan hat Recht", sagte er und trat zu Obi-Wan zwischen den beiden Fraktionen. „Die Generationen können einander viel geben." Er legte einen Arm um Obi-Wans Schulter. „Im Laufe der Zeit werdet Ihr lernen, dass es im Leben mehr gibt als nur Arbeit und Produktivität. Ihr müsst Euch nicht immer einig sein, aber wenn Ihr Euch die Zeit nehmt, einander zuzuhören und voneinander zu lernen, wird die Arbeit, die Ihr gemeinsam verrichtet, unendlich viel befriedigender sein."

Die Worte hallten in Qui-Gons Kopf wider, als er sie aussprach. Er hoffte, dass Obi-Wan begriff, dass er nicht nur über die Vorzydianer sprach. Er sprach auch über sie beide. Wie viel sie voneinander lernen konnten. Wie glücklich sie die Zusammenarbeit und die Tatsache machte, dass sie sich aufeinander verlassen konnten. Wie gut es war zu wissen, dass sie füreinander da waren, auch wenn sie manchmal nicht einer Meinung waren.

Mit einem Blick auf seinen Schüler sah Qui-Gon, dass er verstanden hatte. Die beiden Jedi brauchten keine Antennen, um sich ihre Gefühle mitzuteilen. Sie verband eine starke Bindung.

Qui-Gons Worte drangen wohl auch zu einigen der Vorzydianern vor. Aber viele waren noch immer anderer Meinung.

„Wer seid Ihr, dass Ihr uns sagen wollt, was wir zu tun und zu lassen haben?“, fragte einer der Arbeiter Qui-Gon und Obi-Wan böse.

Da schleppte sich Chairman Port vor die Menge. Grath ging zu ihm, um ihm zu helfen. „Ihr habt Recht“, sagte Port zu dem wütenden Vorzydianer. „Nicht die Jedi sollten uns sagen, wie wir unsere Probleme lösen können. Wir haben die Katastrophe gemeinsam heraufbeschworen.“ Er stützte sich schwer auf seinen Sohn. „Und wir müssen gemeinsam daran arbeiten, sie zu beheben.“

Kapitel 23

Innerhalb von nur drei Tagen hatte sich das Gebäude der Ruheständler entscheidend verändert. Fast alle Türen standen offen, auch der Haupteingang, der zum Hof führte. Nach Arbeitsende gingen jetzt allerlei Vorzydianer ein und aus. Manchmal konnte man sogar ein Lachen in den einst leeren Korridoren hören.

Obi-Wan ging mit Qui-Gon zum Ausgang und nahm die Veränderung noch einmal bewundernd zur Kenntnis. Die Vorzydianer brauchten Zeit, um Flips Tod zu betrauern – und den Schaden, den er angerichtet hatte. Die Kluft zwischen den Generationen würde sich nicht so schnell überbrücken lassen. Aber Obi-Wan war voller Hoffnung.

Das Plappern eines Vorzydianers hallte durch den Korridor. Obi-Wan lächelte unwillkürlich und blieb stehen. Es klang wie Grath.

„Meister, wartet", rief Obi-Wan. Er lief den Gang zurück zu dem vertrauten Geräusch und wurde nicht enttäuscht.

Grath saß in einem der Räume in einem Kreis aus Stühlen. Obi-Wan fiel auf, dass dieses Zimmer jetzt nicht mit Liegen, sondern mit Tischen und Stühlen eingerichtet war. Die Möbel standen so, dass man sich bequem unterhalten konnte. Das Zimmer war in eine Art Freizeitraum umgewandelt worden.

Obi-Wan freute sich über die Veränderungen im Zimmer, spürte aber sofort die Traurigkeit, die darin herrschte.

Grath stand auf und begrüßte seinen Freund. „Wir haben gerade über Flip gesprochen", erklärte er. „Die Dinge, die er getan hat, sind noch immer sehr schmerzhaft für uns, aber es hilft uns allen, wenn wir unsere Erinnerungen teilen." Er deutete auf die anderen in dem Zimmer – ein paar Freilinge, sein Vater, Tray und ihre Großmutter Ina. Sie alle winkten zur Begrüßung mit ihren Antennen in Obi-Wans Richtung.

Grath wandte sich wieder an Obi-Wan. „Du gehst doch noch nicht, oder?"

Obi-Wan war froh, als hinter ihm Qui-Gon ins Zimmer trat und ihm eine Antwort auf Graths Frage ersparte. Sie waren tatsächlich im Begriff, nach Coruscant zurückzukehren.

„Chairman Port", sagte Qui-Gon mit warmer, freundlicher Stimme. Er durchquerte das Zimmer mit zwei

Schritten und reichte Port die Hand. „Ihr seid nicht in Eurem Büro. Habt Ihr keine Arbeit zu erledigen?" Qui-Gons Augen funkelten erfreut.

Chairman Port nahm Qui-Gons Hand, erwiderte das Lächeln aber nicht. „Ihr habt uns gezeigt, dass es wichtigere Arbeiten zu erledigen gibt", sagte er höflich. „Wir danken Euch dafür."

„Wir waren gerade auf dem Weg, um Euch zu danken", sagte Grath. „Aber wir haben hier Halt gemacht, um Ina zu besuchen und uns über Flip zu unterhalten."

Obi-Wan lächelte. Die verschiedenen Generationen der Vorzydianer verbrachten endlich ein wenig Zeit miteinander und teilten sich ihre Gefühle mit. Und trotz der Trauer über Flips Tod schienen sie es zu genießen.

„Wir möchten Euch danken", sagte Chairman Port förmlich. „Dafür, dass Ihr uns bei unseren Beziehungen zu Vorzyd 5 geholfen habt und ..." Port musste nach den richtigen Worten suchen. Seine wedelnden Antennen berührten den Kopf seines Sohnes und verwuschelten dessen Haar. „Und bei unseren Beziehungen hier auf Vorzyd 4."

Qui-Gon nickte und nahm den Dank an.

„Oh, und ich habe einen neuen Plan", sagte Tray aufgeregt.

Einen Moment glaubte Obi-Wan, sie würde über einen neuen Sabotageakt der Freilinge reden.

„Die jungen Leute helfen, einen Platz im Freien für uns zu bauen", erklärte Ina.

„Die Arbeiter werden ebenfalls helfen", fügte Grath hinzu. „Mein Vater hat die Arbeitszeit um einen Tag verkürzt, damit wir etwas Zeit dafür haben."

Die Vorzydianer sahen einander an. Ihre Antennen bewegten sich sanft vor und zurück, so als stünden sie in einer leichten Brise. Obi-Wan hatte die Vorzydianer noch nie so lebhaft und glücklich gesehen wie in diesem Augenblick.

„Es gibt noch viel zu tun", sagte Chairman Port. „Aber wir haben einen Anfang gemacht. Und wir werden es zusammen zu Ende führen."

„Ich bin sicher, dass Ihr das werdet", stimmte Qui-Gon ihm zu. „Wir müssen jetzt nach Coruscant aufbrechen. Auch wir haben viel zu tun."

„Natürlich, natürlich", sagte Chairman Port.

Die Vorzydianer verabschiedeten sich von den Jedi und Obi-Wan folgte seinem Meister den Korridor entlang. Obi-Wan wusste, dass viel Arbeit vor ihnen lag. Und es war Arbeit, die sie gemeinsam verrichten mussten.

„Auch wir haben gerade erst begonnen, mein Padawan", sagte Qui-Gon und riss Obi-Wan damit aus seinen Gedanken. Als sie auf den Hof kamen, blieb Qui-Gon stehen und drehte sich zu seinem Padawan um. „Und obwohl wir den Beginn unserer Reise schon längst hinter uns haben, sind wir noch nicht ganz am Ziel angelangt."

Obi-Wan nickte. „Ich weiß. Ich muss noch viel lernen."

„Und doch bist du um einiges erwachsener geworden", sagte Qui-Gon anerkennend. „Ich bin stolz auf dich, Obi-Wan. Stolz auf das, was aus dir geworden ist. Es ist mir eine Ehre, dich zu unterrichten und mit dir zu arbeiten. Ich könnte mir keinen besseren Padawan vorstellen."

Obi-Wan strahlte. „Also an die Arbeit", sagte er.

„Ja", sagte Qui-Gon. „An die Arbeit."

Glossar

Äußerer Rand
Der Äußere Rand ist die Randzone der ➢Galaxis und wird auch oft als „Outer Rim" bezeichnet. Der Äußere Rand gilt im Allgemeinen als uninteressante und verschlafene Region.

Bruck Chun
Bruck Chun war ein Jedi-Schüler, der wie viele andere gehofft hatte, als ➢Padawan erwählt zu werden. Bruck Chun ließ sich zur Dunklen Seite der ➢Macht verführen und kam bei einem Sturz von einer Felsklippe während eines Kampfes mit ➢Obi-Wan ums Leben.

Bryn
Die Frau von Chairman ➢Port.

Comlink
Ein Kommunikationsgerät, mit dem man Gespräche, Bilder und wissenschaftliche Daten übertragen kann.

Coruscant
Planet und offizieller Sitz des ➢Galaktischen Senats sowie des ➢Jedi-Tempels. Coruscant ist eine einzige riesige Stadt; jeder Quadratmeter des Planeten ist bebaut. Coruscant liegt im ➢Galaktischen Kern und markiert die Koordinaten Null-Null-Null im Navigations-Koordinatensystem.

Droiden
Roboter, die für nahezu jede nur vorstellbare Aufgabe in der ➢Galaxis eingesetzt werden. Form und Funktion der Droiden variieren stark.

Durabeton
Ein sehr hartes, aber relativ leichtes Baumaterial, das meistens im Häuserbau eingesetzt wird.

Durastahl
Ein sehr hartes und ultraleichtes Metall, das höchsten mechanischen Beanspruchungen und Temperaturschwankungen standhält. Es wird sehr oft im Raumschiff- und Häuserbau eingesetzt.

Felana
Die Regentin von ➢Vorzyd 5.

Flip
Ein junger Schüler vom Planeten ➢Vorzyd 4. Flip ist Mitglied der ➢Freilinge und sieht zu deren Anführer ➢Grath auf.

Freilinge
Eine Vereinigung von

Schülern auf dem Planeten ➢Vorzyd 4, die sich zum Ziel gesetzt hat, die arbeitssamen Erwachsenen ihres Heimatplaneten auf die größer werdende Kluft zwischen den Generationen hinzuweisen.

Galaktische Republik
Die Galaktische Republik setzt sich aus den durch die Gouverneure im ➢Galaktischen Senat repräsentierten Mitgliedsplaneten zusammen.

Galaktischer Kern
Der Galaktische Kern bildet die Region der dicht bevölkerten Welten um den Galaktischen Tiefkern, in dem sich wiederum eine große Menge Antimaterie und ein schwarzes Loch befinden. ➢Coruscant liegt im Galaktischen Kern.

Galaktischer Senat
Der Galaktische Senat tagt in einem riesigen, amphitheaterähnlichen Gebäude auf ➢Coruscant, wo tausende von Senatoren aus allen Welten der ➢Galaktischen Republik den Sitzungen beiwohnen.

Galaxis
Eine Ballung von Milliarden von Sternen. Galaxien sind in Galaxienhaufen, diese wiederum in so genannten Superhaufen organisiert. Die Entfernungen zwischen den einzelnen Galaxien sind jedoch dermaßen groß, dass sie bislang nicht

überwunden werden konnten.

Grath
Ein junger ➢Vorzydianer und Sohn von Chairman ➢Port. Grath ist Anführer der ➢Freilinge.

Gravbahre
Eine ➢Repulsor-getriebene Schwebebahre zum Transport von Kranken.

Hologramm
Ein bewegtes dreidimensionales Bild, das an einen anderen Ort zum Zweck der interaktiven audiovisuellen Kommunikation übertragen werden kann. Am Empfangsort erscheint das Hologramm als geisterhafte Projektion im Raum. Je nach Ausführung des Holo-Projektors kann das Hologramm in der Größe variieren. Es gibt auch Bildschirme für Hologramme (Holoschirme) und holografische Festbilder (Holobilder).

Ina
Eine alte ➢Vorzydianerin und die Großmutter von ➢Tray. Ina hat das Arbeitsleben hinter sich und wohnt in einem Gebäude für Ruheständler auf Vorzyd 4.

Jedi-Meister
Sie sind die ➢Jedi-Ritter, die den höchsten Ausbildungsstand erreicht haben und selbst junge ➢Jedi-Padawane ausbilden.

Jedi-Padawan
Ein junger Jedi-Anwärter,

der von einem ➢Jedi-Meister als dessen persönlicher Schüler angenommen wurde. Ein Jedi-Schüler, der bis zu seinem dreizehnten Geburtstag von keinem Jedi-Meister als Padawan angenommen wurde, kann nicht mehr zum ➢Jedi-Ritter ausgebildet werden.

Jedi-Ritter
Die Hüter von Frieden und Gerechtigkeit in der ➢Galaxis. Jedi-Ritter zeichnen sich durch eine besonders gute Beherrschung der ➢Macht aus und haben sich vor Jahrtausenden zu einem Orden zusammengeschlossen.

Jedi-Tempel
Der riesige Jedi-Tempel ist Sitz des ➢Rates der Jedi auf ➢Coruscant. Hier werden auch die jungen Jedi-Schüler ausgebildet.

Jocasta Nu
Eine ➢Jedi-Ritterin, die mittlerweile nur noch Dienst als Archivarin im ➢Jedi-Tempel verrichtet. Jocasta Nu mag Fremden wie eine alte Bibliothekarin erscheinen, sie ist aber auch eine hervorragende Kämpferin.

Jungen, Die
Eine Vereinigung von Kindern und Jugendlichen auf ➢Melida/Daan, die gegen den Willen der Älteren für den Frieden auf ihrem Planeten eintraten. Nach langen Kämpfen haben Die Jungen den Krieg

gegen die Älteren gewonnen und regieren nun Melida/Daan.

Kegan
Ein Planet am ➢Äußeren Rand, der sich lange Zeit vollkommen vom Rest der ➢Galaxis abgeschottet hatte. Auf Kegan herrschte ein Menschen verachtendes Regierungssystem, das auf der scheinbaren Gleichheit aller Bürger beruhte. In Wirklichkeit aber wurde auf Kegan unter anderem Gehirnwäsche in den so genannten Lern-Ringen betrieben, die Einrichtungen zur Inhaftierung unliebsamer Schüler waren. ➢Qui-Gon, ➢Obi-Wan und ➢Siri konnten das Regime des Planeten zerschlagen.

Kibi
Ein vegetarisches Gericht, das nicht nur auf ➢Vorzyd 4, sondern auch in der restlichen ➢Galaxis bekannt ist.

Lichtschwert
Die Waffe eines ➢Jedi-Ritters. Die Klinge besteht aus purer Energie. Jedi-Ritter lernen im Laufe ihrer Ausbildung, diese Schwerter eigenhändig herzustellen. Es gibt verschiedene Versionen mit feststehender Amplitude und Klingenlänge sowie solche, bei denen sich diese Parameter mittels eines Drehschalters verändern lassen. Lichtschwerter werden bisweilen auch als Laserschwerter bezeichnet.

Mace Windu
Mace Windu ist eines der obersten Mitglieder im ➢Rat der Jedi.

Macht
Die Macht ist ein gleichermaßen mystisches wie natürliches Phänomen: ein Energiefeld, das die ➢Galaxis durchdringt und alles miteinander verbindet. Die Macht wird von allen Lebewesen erzeugt. Wie alle Energieformen, kann die Macht manipuliert werden. Vor allem die ➢Jedi-Ritter beherrschen diese Kunst. Ein Jedi-Ritter, der die Macht beherrscht, hat besondere Fähigkeiten: Er kann beispielsweise entfernte Orte sehen oder Gegenstände und die Gedanken anderer bis zu einem gewissen Maß kontrollieren. Die Macht hat zwei Seiten: Die lichte Seite der Macht schenkt Frieden und innere Ruhe; die Dunkle Seite der Macht erfüllt mit Furcht, Zorn und Aggression. Wer sich als Jedi diesen negativen Gefühlen allzu leicht hingibt, steht in Gefahr, der Dunklen Seite der Macht zu verfallen.

Med Center
Kurzform für Medizinisches Center: Krankenhaus.

Melida/Daan
Ein Planet, auf dem ein jahrtausendelanger Zwist zwischen den beiden Völkern Melida und Daan herrschte. Da sogar über den Namen der Welt Un-

einigkeit herrschte, wurden die Völkernamen, geteilt durch einen Schrägstrich, als Kompromiss verwendet. ➢Obi-Wan Kenobi hatte einmal vorübergehend den Weg der ➢Jedi verlassen, um einer Gruppe von Jugendlichen auf Melida/Daan zu helfen, den Frieden auf den Planeten zurückzubringen.

Multycorp
Eine der wenigen großen Firmen, die für die hohe Produktivität von ➢Vorzyd 4 sorgen.

Nania
Eine Schülerin vom Planeten ➢Vorzyd 4. Sie ist Mitglied der ➢Freilinge und steht deren Anführer ➢Grath sehr nahe.

Nelo
Ein ➢vorzydianischer Lehrer.

Obi-Wan Kenobi
Obi-Wan ist ein siebzehnjähriger Junge, der von ➢Qui-Gon Jinn nach langem Zögern als ➢Jedi-Padawan angenommen wurde und vor Jahren dann beschloss, seine Jedi-Ausbildung aufzugeben und stattdessen auf dem zerstrittenen Planeten ➢Melida/Daan für den Frieden zu kämpfen. Am Ende dieses Kampfes bereute er seine Entscheidung und wollte wieder von Qui-Gon als Padawan aufgenommen werden. Nach einer Probezeit, um die Obi-Wan den ➢Rat der Jedi gebeten

hatte, nahm ihn Qui-Gon wieder auf.

Padawan
➢Jedi-Padawan.

Patot Panak
Ein knollenartiges Gewächs, das die Bewohner des ➢Vorzyd-Systems gern gebacken essen.

Pel
Eine Schülerin vom Planeten ➢Vorzyd 4. Sie ist Mitglied der ➢Freilinge.

Port, Chairman
Das Oberhaupt des Planeten ➢Vorzyd 4.

Prüfung
So nennt man den Vorgang, in dessen Verlauf ein ➢Jedi-Padawan zum ➢Jedi-Ritter wird. Die Prüfung, die vom ➢Rat der Jedi abgehalten wird, enthält umfangreiche Tests der mentalen und körperlichen Fähigkeiten des angehenden Jedi sowie seiner Beherrschung der ➢Macht.

Qui-Gon Jinn
Qui-Gon ist ein erfahrener ➢Jedi-Meister, der seine Fähigkeiten auf vielen Missionen unter Beweis gestellt hat. Nach langem Zögern hatte er ➢Obi-Wan Kenobi als ➢Jedi-Padawan angenommen. Obi-Wan entschied sich jedoch, den Weg der Jedi und damit Qui-Gon Jinn wieder zu verlassen. Er hat den Jungen nach längerem Zögern wieder angenommen. Jüngst erlitt Qui-

Gon Jinn einen schweren Schicksalsschlag, als die Jedi-Ritterin ➢Tahl auf einer Mission ermordet wurde. Qui-Gon versuchte vergeblich, sie zu retten. Umso tragischer, da sich Tahl und Qui-Gon kurz zuvor noch ihre Liebe gestanden. Qui-Gon litt noch lange nach diesem Vorfall an einer tiefen Depression.

Rat der Jedi
Ein Gremium aus zwölf ➢Jedi-Meistern, die sich um die Angelegenheiten der ➢Galaxis kümmern und als Hüter von Frieden und Gerechtigkeit auftreten.

Repulsor
Antriebssystem für Boden- und Raumfahrzeuge, das ein Kraftfeld erzeugt. Der hierbei entstehende Antischwerkraftschub ermöglicht die Fortbewegung von Boden-, Luftgleitern und Düsenschlitten. Sternjäger und Raumschiffe nutzen Repulsoren als zusätzliches Schubkraftsystem, etwa beim Andocken oder beim Flug in der Atmosphäre.

Siri
Siri ist ein sehr talentierter und strebsamer ➢Jedi-Padawan, die in ihren Fähigkeiten schön früh gleichaltrigen Mitschülern weit voraus war. Siri ist für ihr Temperament bekannt.

Stahlglas
Transparenter Stahl, der

überall verwendet wird, wo stabile Sichtfenster benötigt werden – sowohl innerhalb einer Atmosphäre als auch im freien Raum. Seine Eigenschaften in Bezug auf Stabilität und Temperaturverhalten sind hervorragend.

Tahl

Eine ➢Jedi-Ritterin und alte Freundin von ➢Qui-Gon Jinn, die für ihre diplomatischen Fähigkeiten bekannt war und bei Kämpfen vor drei Jahren so schwer verwundet wurde, dass sie ihr Augenlicht verlor. Tahl wurde kürzlich auf einer Mission getötet. Kurz zuvor hatten sie und Qui-Gon sich noch ihre Liebe gestanden.

Tray

Eine Schülerin vom Planeten ➢Vorzyd 4. Sie ist Mitglied der ➢Freilinge und steht ➢Flip sehr nahe.

Vorzyd-System

Ein System mit zwei Sonnen. Die bedeutendsten Planeten des Systems sind Vorzyd 4 und 5. Der vierte Planet ist für sein arbeitssames Volk und seine äußerst produktive Wirtschaft bekannt; lange Zeit kaufte der eher schwächere Planet Vorzyd 5 daher Versorgungsgüter von Vorzyd 4 zu. Erst in jüngerer Zeit konnte Vorzyd 5 durch den Bau von Spielkasinos seine Abhängigkeit von Vorzyd 4 lösen. Der vierte

Planet ist seit kurzem Ziel rätselhafter Sabotageakte, die laut der Bevölkerung von Vorzyd 5 ausgehen. Vorzydianer haben ein Paar Antennen auf dem Kopf und vergleichsweise große Augen.

Yarael Poof

Ein Mitglied des ➢Rates der Jedi.

Yoda

Ein über 800 Jahre altes Mitglied des ➢Rates der Jedi. Yoda kommt vom Planeten Dagobah, ist nur 70 cm groß, hat Schlitzohren und gilt als besonders weise.

STAR WARS
LUCAS BOOKS
JEDI QUEST
Anakins Abenteuer zwischen Episode I und Episode II
ANAKIN'S STORY BETWEEN EPISODE I AND EPISODE II
STAR WARS
JEDI QUEST
JUDE WATSON
STAR WARS
JEDI QUEST
THE WAY OF THE APPRENTICE
JUDE WATSON
Band 1: Der Pfad der Erkenntnis
ISBN 3-89748-416-1
Band 2: Der Weg des Padawan
ISBN 3-89748-556-7
AUSERWÄHLT VON DER MACHT.
VERDAMMT ZUR DUNKLEN SEITE.
AB 20. SEPTEMBER 2002
ÜBERALL, WO'S BÜCHER GIBT
Die neue Star Wars Buchreihe!
Dino entertainment
WWW.DINOCOMICS.DE
© 2002 Lucasfilm Ltd. & ™.
All rights reserved. Used under authorization.

STAR WARS
EPISODE II
ANGRIFF DER KLONKRIEGER
Patricia C. Wrede
STAR WARS
EPISODE II
OFFIZIELLE BÜCHER UND COMICS
Der Jugendroman
ISBN 3-89748-563-X
STAR WARS
ANGRIFF DER KLONKRIEGER
THE ART OF
STAR WARS
ANGRIFF DER KLONKRIEGER
MARK COTTA VAZ
MIT DEM ORIGINAL-DREHBUCH VON GEORGE LUCAS UND JONATHAN HALES
Der Comicsammelband
ISBN 3-89748-559-1
Das Artbook
ISBN 3-89748-562-1
AB JETZT ERHÄLTLICH!
www.dinocomics.de
LUCAS BOOKS
Dino entertainment

stell dir eine welt vor, in der du nie die sonne siehst.
Garth Nix'
Der Siebte Turm™
Das große Finale! Ab 20. September erhältlich.
Band 4: Jenseits der Grenze ISBN: 3-89748-405-6
Band 5: Die Schlacht beginnt ISBN: 3-89748-554-0
Band 6: Der violette Sonnenstein ISBN: 3-89748-555-9
Band 1: Sturz in die Dunkelheit ISBN: 3-89748-402-1
Band 2: Mauern des Todes ISBN: 3-89748-403-x
Band 3: Aenir – Reich der Schatten ISBN: 3-89748-404-8
Dino
www.DinoAG.de
entdecke das Licht.
www.theseventhtower.com
Lucas Books
© 2002 Lucasfilm Ltd. & ™. All rights reserved.

STAR WARS
DIE COMICSERIE
MIT GROSSEM MAGAZINTEIL
UND GEWINNSPIEL AM KIOSK
SONDERBÄNDE IM BUCHHANDEL
LUCAS BOOKS
Dino entertainment
© 2001 Lucasfilm Ltd. & ™. All rights reserved. Used under authorization.
www.dinocomics.de